EZ Japan

今泉江利子・本間岐理・

日語會話課
語彙聽力全面提升

N2
在地生活篇

會話音檔線上聽

陳芳蘭（ちん　ほうらん）

女・22歲，個性純真開朗又認真。剛從台灣的專科畢業，出於對日本的熱愛，原本只是想趁就業前先來趟日本自助行，但在旅行過程中，接受了許多人的協助、讓芳蘭相當感動並為日本文化深深著迷，也勾起了對日本更強烈的好奇心。另一方面，從旅遊觀光到就學打工，過程中認識不少日本人好友，而原本在台灣就認識的男主角日向，在日本也相當照顧她，終於決定在日本繼續攻讀大學、研究嚮往的日本文化！

小栗日向（おぐり　ひなた）

男・20歲，非常男子氣概，標準的理工生。不拘小節的性格非常好相處，不過混熟了有口無遮攔的傾向XD 目前在大學就讀，後來女主角陳芳蘭也進入同一所大學。之前曾到台灣交換學生過，就在那時為了學中文，認識了徵求語言交換的芳蘭，回日本後還持續與芳蘭聯繫。芳蘭到日本後，對方蘭也照顧有加。到底日向對芳蘭是否有特殊情愫呢？而芳蘭對日向又是否有超越友誼的感覺呢？

CH.1 人際相處

學習重點

本章會提到內容的有：日本的上下關係、體察文化、個人空間與物品的尊重概念、以及人際關係相關的慣用句。進入芳蘭的世界前，先來瞭解相關詞彙與句子，加強自己的語彙力吧！

チェック ① 詞彙與表現

A 單字結合用法

◆ 社交相關行為

名詞	格助詞	動詞&形容詞	中文
お礼／駆け引き[1]／お裾分け	を	する	答謝／人際交涉戰略／分贈他人
（相手の）気持ち		考える	考慮（對方的）感受
口		挟む	插嘴
関係		築く／切る／続ける	建構／切斷／持續關係
人		傷つける	傷害別人
人のこと／相手		気に掛ける・かまう	掛心其他人／對方
視線		気にする	在意他人的看法
プライベート	に	踏み込む	侵犯隱私
曖昧		答える	含糊地回答
相手		合わせる	配合對方
言葉	で	表す	用語言表達
集団		行動する	團體行動

1　現在常常指戀愛關係中，策略性地讓對方喜歡上自己，日文是「恋の駆け引き」。

◆非語言溝通

名詞	格助詞	動詞＆形容詞	中文
深読み／ジェスチャー ／握手／ハグ／無視	を	する	不必要的揣測／手勢 ／握手／擁抱／無視
壁		作る	保持距離
サイン		見せる・送る ／汲み取る	傳達訊息 ／讀取對方傳達的訊息
視線		送る	傳達自己的態度
相手の考え・気持ち		察する	體察對方的想法・心情
気持ち		隠す・抑える ／押し込む ／表す	隱藏・壓抑心情或情緒 ／將心情或情緒硬吞下肚 ／表達心情或情緒
距離		置く・保つ	保持距離
態度／しぐさ	で	表す	用態度／用動作姿態　表達
曖昧	に	する	模糊以對

B 單字延伸與句子

01 替換說法

詞彙	還能這樣說	中文
無視する	しかとする	無視
深読み	勘ぐりすぎ	想太多
壁を作る	距離を置く	保持距離
察する	気づく・感づく	體察
察することができない	KY（＝空気が読めない）	白目
（人のことを）かまい過ぎる	首を突っ込む	過度干涉・介入太多
曖昧	紛らわしい・あやふや	曖昧・模糊・含混
円滑にする	良い関係を保つ	(與…)保持關係融洽

02 慣用對話

◆常使用的社交用語

「今度機会があったらぜひ。」 下次有機會的話一定……。

「近いうちにこちらから連絡しますね。」 我會儘快聯絡您。

「参考にさせていただきます。」 我會參考一下。

C 情境句型

◆無法斷然拒絕對方的邀請或請託

▲クッション言葉＋〜▲ 場面話＋〜

「あ、ありがとう。でも、あいにく（今日）はちょっと……。」

啊，太感謝了。但是，不巧（今天）剛好……。

「気持ちはうれしいんだけど、ごめん、ちょっと……。」

我很高興。只是，不好意思，有點…

「一応やってみますが、ちょっと難しいと思いますよ。」

我會姑且一試。不過，我想應該不容易…。

「先日／この間・この前／さっき、先ほど ＋ は ありがとうございました。」

前陣子／之前／上次 真是太謝謝你囉。

◆不動聲色地指出對方令人不悅的行為

▶**～たら、嬉しいんだけど／いいと思うんだ◀** 如果你能～的話就好了

「食事中、音を立てて食べるところを直してくれたら、嬉しいんだけどな。」

若你能改掉吃飯時發出聲音的毛病，我會很高興耶。

「もう少し相手の気持ちを考えてあげたらいいと思うんだ。」

我想，你多少再顧慮一下對方的心情會比較好吧。

▶**ちょっと～ところがあるんだよね◀** 有一點點～

「○○さんのことは好きなんだけどさ、ちょっと（言い方がきつい）ところがある

んだよね。」

我覺得(○○)你不錯啦，只是你説的話裡總有些令人感到窘迫的地方。

◆誇讚他人的好說法

▶**勉強になります／気が楽になります◀** 長知識了／心情好多了

「○○さんとお話しすると勉強になります／気が楽になります。」

聽了○○您的一席話之後，我真是長知識了／心情好多了。

▶**どうしたら○○さんみたいに◀** 要怎樣才能像您一樣

「どうしたら○○さんみたいに、そんなに料理が上手になれるんですか。」

要怎樣才能像○○您那樣地，變得如此擅長於料理呢？

◆曖昧的表現

▲ **大丈夫です。** ◢ 　沒問題。／不用，沒關係。

☞ **狀況1**

A：「お代わりはいかがですか。」

請問您(飲料或料理)要續嗎？

B：「あっ、大丈夫です。」

喔，沒關係我不用了。

☞ **狀況2**

A：「来週、キャンプするんだけど、一緒にどう？」

下週我要去露營，一不要一起呀？

B：「あっ、大丈夫です。」

喔，我就不奉陪了。

▲ **結構です・いいです。** ◢ 　好哦。／不用，沒關係。

☞ **狀況1**

A：「荷物、お持ちいたしましょうか。」

我來幫您拿行禮吧！

B：「あっ、結構です。」

喔，沒關係，不用了。

☞ **狀況2**

A：「お茶、要りますか。」

需要來點茶嗎？

B：「えーっと、いいです。」

嗯……沒關係，不用了。

▲ちょっと難しいですね。▲ 這方面有點困難耶…

A：「日付の変更ができますか。」

能改日期嗎？

B：「ん～、ちょっと難しいですね……。」

嗯～可能有點困難……

A：（？？ということは、難しいけど、何とかなる可能性もあるのかな……）

（？？也就是説，有困難，但也有可能可以的意思吧……）

▲一応……。▲ 大致上ＯＫ……。

A：「後で使う会議の書類、出来上がってるかね。」

等一下會議用的資料都準備好了嗎？

B：「はい、一応。」

嗯對，大致上。

A：（一応って……いい加減に仕事しないでもらいたいよ。）

（大致上……拜託別用姑且了事的態度應付工作好嗎！）

チェック ② 練習問題

01 單字

* 請從題目下方選出適當的單字填入 (含動詞變化) *

例：別れた後も、彼とはいい関係を＿＿保って＿＿います。

(1) 日本では、初めて会った人と握手やハグを＿＿＿＿＿＿＿＿習慣はありません。

(2) あまりプライベートな事に＿＿＿＿＿＿＿＿のは好きじゃありません。

(3) 大きなお世話！もう私たちのことには＿＿＿＿＿＿＿＿ないで。

(4) 前の彼女とはきっぱり関係を＿＿＿＿＿＿＿＿ています。

(5) 痴話喧嘩にわざわざ口を＿＿＿＿＿＿＿＿でちょうだい。

(6) 上京してから変わってしまった親友とは、最近少し距離を＿＿＿＿＿＿＿＿
ています。

(7) さすがに鈍い私でも彼から＿＿＿＿＿＿＿＿熱い視線には気づきます。

(8) 相手への嫉妬や羨む気持ちを＿＿＿＿＿＿＿＿ことができなくなって、つい
傷つくことを言ってしまいました。

かまう ／ 挟む ／ 踏み込む ／ 送る ／ 抑える ／ 置く ／ 切る ／
する ／ 保つ

---

02 替換説法

* 請將底線處替換成其他說法 *

> 例：褒（ほ）めることは人間関係（にんげんかんけい）を　円滑（えんかつ）にする　ために大切（たいせつ）です。
> ⇒褒（ほ）めることは　いい人間関係（にんげんかんけい）を保（たも）つ　ために大切（たいせつ）です。

（1）彼（かれ）の言（い）っていることが　曖昧（あいまい）　で、よく理解（りかい）できません。

　　⇒

（2）つい　深読（ふかよ）みして　、相手（あいて）を疑（うたが）ってしまいます。

　　⇒

（3）A君（くん）はクラスのみんなから　無視（むし）されて　、いじめられています。

　　⇒

（4）B子（こ）は信頼（しんらい）していたC子（こ）に裏切（うらぎ）られて以来（いらい）、彼女（かのじょ）とは　壁（かべ）を作（つく）る　ように
　　なりました。

　　⇒

（5）台湾人（たいわんじん）の彼（かれ）は、言葉（ことば）にしない限（かぎ）り私（わたし）の気持（きも）ちを　察（さっ）する　ことができません。

　　⇒

03 情境問答

Q1. 先輩から夏休み、サークルの仲間と一緒に高雄へ遊びに行こうと言われましたが、断りたいです。何と言いますか。

A : _____

Q2. 先週、近所の人にりんごをお裾分けしてもらいました。後日近所の人に会った時、何とお礼を言いますか。

A : _____

Q3. パーティーなどで初めて会った人と今後関係を続けるつもりがない時、どんな社交辞令を使って別れますか。

A : _____

Q4. 友達の嫌なところを直してもらいたい時、相手に嫌な思いをさせずに何と言いますか。[自由發揮]

A : _____

チエック ③ 情境會話

つきあい
人際交往

● 登場人物：學長／芳蘭／日向／小林
● 故事情節：一直以來，日向和學長關係很好，但因太過親密，以至於日向對學長有些沒大沒小，所以日向被學長小芳蘭提醒要注意禮貌。有一天，從台灣來的新同學小林加入了他們。可能是小林還不清楚日本文化，也還不習慣如何與日本人交際來往吧，讓大家感到一個頭兩個大。所以芳蘭給小林不少建議與提醒。

會話 1　親しき中にも礼儀あり／親不越禮、近有分寸

（先輩の部屋で）

先輩：えー！ガリガリ君がない！

芳蘭：あっ、それなら、昨日日向君がお風呂上りに食べてましたよ。

先輩：日向が！

芳蘭：てっきり先輩の許可もらってそうしてるんだと思ってたんだけど……。

先輩：くそー、後で、少し懲らしめてやらないと。

（何も知らず日向君が先輩宅をやってくる）

日向：うーっす。あれ？先輩、何か機嫌悪そうだけど、何かあったんっすか。

先輩：お前、俺のガリガリ君食ったんだってな。

日向：はい、やっぱり風呂上がりのガリガリ君ほど最高な物ってないっすね。

芳蘭：（小声で）日向君、よほどの KY ね。先輩怒ってるの、分かんないの？

日向：えっ？わっ、やっべー。えーっと、先輩、今回の件に関しましては誠に申し訳ございませんでした。どうかお許しを！

先輩：お前、そんなふざけた謝り方しやがって！

日向：すみません、先輩！本当に反省してますって。ガリガリ君、10倍にして返しますから。

先輩：それプラス、ビール1箱なら許してやらないこともないがな。

日向：はい、それで許してもらえるなら、お安い御用です。

芳蘭：日向君、先輩が優しいからって、上下関係はきっちりしないと。しかも、いくら仲よ

くても、やっぱり「親しき中にも礼儀あり」だよ。

日向：芳蘭さんにそう言われるとは（苦笑い）。

中譯

（在學長的住處）

學長：挖勒！「ガリガリ君」(冰棒名稱)不見了！

芳蘭：啊！這樣應該是昨天日向洗完澡之後吃掉的。

學長：是日向！

芳蘭：我原以為他有得到學長您的同意才吃的說…。

學長：可惡！等一下一定要給他點顏色瞧瞧。

（毫不知情的日向來到學長的住處）

日向：哈囉大家好啊～咦？學長，你看起來不大爽耶，怎麼了嗎？

學長：聽說你這傢伙，吃了我的「ガリガリ君」是吧。

日向：是喔。洗完澡後來根「ガリガリ君」果然是最棒的享受呀。

芳蘭：（小聲地說）日向，你真是白目耶。你不知道學長在生氣了嗎？

日向：咦？完蛋了。呃，學長，關於這個事件呢真的是很對不起。請原諒我。

學長：你這傢伙！道歉竟然還開玩笑！

日向：抱歉，學長！我是認真地在反省呀。我會還你10倍的「ガリガリ君」。

學長：外加啤酒1箱的話，就原諒你吧。

日向：好的，這樣就能得到您的原諒的話，算是我賺到了。

芳蘭：日向，學長是很隨和沒錯，但也應該好好地注意上下關係。而且，不論有多要好，
　　　還是別忘了「再親密也要有分寸」這句話喔。

日向：沒想道我居然會被芳蘭如此開導（苦笑）。

（学校の食堂で）

林　　：（先輩に近い距離に立ち）初めまして、林です。日本に来たばかりです。

　　　　えっと、両親は医者です。最近、大学から歩いて 5 分ぐらいの所に家を買っ

　　　　てもらって、そこに住んでいます。皆さん、気軽に遊びに来てくださいね。

　　　　（握手を求める）

先輩：（心の中で：距離が近っ！）あ、ありがとう。今度是非皆でお邪魔させてもらうよ。

林　　：なら、皆さん、今日はどうですか。

日向：急だな。俺は、えっと、あっ、そう、バイトが入ってて。先輩もね（目くばせし

　　　　ながら）。

先輩：えっ、そ、そうなんだ。明日までに提出のレポートも完成してないしな。

林　　：そうなんですか、残念。じゃ、今度ということで。ところで、日向君、バイトっ

　　　　て何をしてるんですか。私もバイトやってみたいなって思ってて。因みに、1 か月

　　　　どのくらいお給料もらえます？

日向：んー、どんぐらいかな、月によって違うし、そんな言えるような金額もらってないよ

　　　　（苦笑い）。

芳蘭：先輩、日向君、ごめんなさい。林さん、ちょっと。（林さんを連れて行く）

芳蘭：あのね、林さん、日本では、あまり自慢に聞こえるような言い方したり、お金

　　　　のこととかプライベートなこと質問したりするのは失礼にあたるの。ましてや、

　　　　初対面でしょう？

林　　：えっ、ごめん、そんなつもりじゃなかったんだけど……。

芳蘭：大丈夫。皆優しい人たちばかりだから。とりあえずは、ゆっくり日本の文化を

　　　　学んでいって。「郷に入っては郷に従え」ね。

（在學校的食堂）

林　：（近距離站在學長身旁）初次見面，我是小林。剛來到日本。我啊，爸媽是醫生。他們最近買了個房子給我，所以我現在住在離大學步行只要 5 分鐘左右的地方。各位，請不要客氣，歡迎來我家玩。（想握手）

先輩：（OS：你離我好近！）謝、謝謝啊。那下次大家一定去打擾你喔。

林　：擇期不如撞日，各位，就今天如何？

日向：呵呵這麼突然啊。我啊…呃…對啦，今天要打工。學長也是齁（邊對學長使眼色）？

先輩：啊，對對。我也還有報告要完成，明天得交啊。

林　：這樣啊，真是可惜。那就下次吧。對了，日向你打的是什麼工？我也想試著打工看看耶。附帶一問，你打工一個月可拿多少左右？

日向：啊哈，該怎麼說呢…每個月不一樣啦，也不是多到可以跟大家說嘴的金額啦（苦笑）。

芳蘭：學長、日向，非常抱歉。小林，可以過來一下嗎…（把小林拖走）

芳蘭：喂喂，小林啊，在日本，大家不大會說些往自己臉上貼金的話，也不會問對方像是錢之類的事涉隱私的話題，這些都很失禮。更何況，這是大家的第一次見面吧。

林　：咦，對不起，我不是那個意思…。

芳蘭：沒關係啦，大家人都很好哦！姑且，將日本文化一點一點地學下來吧。有道是「入鄉隨俗」對吧！

チェック ④ 模擬會話練習

示範會話 近所（きんじょ）づきあい／與鄰居打交道

芳蘭（ほうらん）：鈴木（すずき）さん、こんにちは。

鈴木（すずき）：あら、芳蘭（ほうらん）さん、今日（きょう）は学校（がっこう）お休（やす）み？

芳蘭（ほうらん）：いいえ、午後（ごご）はあるんですけど、午前（ごぜん）だけ急（きゅう）に授業（じゅぎょう）がなくなって。あっ、この前（まえ）は肉（にく）じゃがありがとうございました。

鈴木（すずき）：いいえ、日本（にほん）の家庭料理（かていりょうり）なんて台湾（たいわん）の人（ひと）の口（くち）に合（あ）うかなと思（おも）ったんだけど、大丈夫（だいじょうぶ）だった？

芳蘭（ほうらん）：ええ、とってもおいしかったです。毎日（まいにち）あんなおいしい料理（りょうり）が食（た）べられるなんて、旦那（だんな）さんがうらやましいです。是非今度（ぜひこんど）作（つく）り方（かた）おしえてくださいね。

鈴木（すずき）：ええ、もちろん。あっ、じゃ、私（わたし）、近（ちか）くのお料理教室（りょうりきょうしつ）に一週間（いっしゅうかん）に一回（いっかいかよ）通（かよ）ってるんだけど、芳蘭（ほうらん）さんも一度（いちど）体験入学（たいけんにゅうがく）でもしてみない？無料（むりょう）だし。

芳蘭（ほうらん）：料理教室（りょうりきょうしつ）ですか、いいですね。でも、あいにく最近（さいきん）学校（がっこう）やアルバイトが忙（いそが）しくて……。

鈴木（すずき）：そうよね。じゃ、時間（じかん）ができたらいつでも言（い）って、一度連（いちどつ）れて行（い）ってあげるから。

芳蘭（ほうらん）：はい、時間（じかん）ができたら、是非（ぜひ）。

鈴木（すずき）：ええ。じゃ、またね。

芳蘭（ほうらん）：はい、失礼（しつれい）します。

中譯

芳蘭：鈴木太太，您好。

鈴木：啊，是芳蘭啊。今天學校沒上課嗎？

芳蘭：不是，下午就有課。早上沒課是因為臨時取消了。對了，上次妳給我的馬鈴薯燉肉，真是感謝。

鈴木：不會不會。因為是日本的家常菜所以我還在擔心可能不對台灣人的胃口。結果還行嗎？

芳蘭：超好吃的呢。真羨慕妳老公，每天都可以吃到這麼好吃的料理。請妳下次一定要教我怎麼做喔。

鈴木：一定一定。對了，我一週會去一次這附近的料理教室。芳蘭妳要不要也來體驗看看？免費的喔。

芳蘭：料理教室啊，不錯耶。但是，最近學校及打工，剛好都有點忙耶…。

鈴木：這樣啊。那不然有時間的話再跟我說喔，什麼時候都行。我帶妳去個一次。

芳蘭：好的。有時間的話，請務必帶我去。

鈴木：好呀。那就先這樣子囉～再見！

芳蘭：好的，再見。

芳蘭：朝通学の時、知り合いに会い、挨拶する。
_{ほうらん} _{あさつうがく} _{とき} _{し あ} _あ _{あいさつ}

（早上上學時，遇到認識的朋友，與他打招呼。）

知り合い：挨拶を交わし、天気を話題におしゃべりを始める。
_{し あ} _{あいさつ か} _{てんき} _{わだい} _{はじ}

（互相打招呼，以天氣相關話題開啟對話。）

NOTE

_____

_____

_____

芳蘭：天気について話を合わせ、そして、先月もらった手作りの
_{ほうらん} _{てんき} _{はなし あ} _{せんげつ} _{てづく}

ポーチ のお礼をする。
_{れい}

（與對方聊些天氣相關的話題。然後，因為上個月收到對方親手
製作的化妝包，藉此機會向對方道謝。）

知り合い：ポーチについての感想を尋ねる。
_{し あ} _{かんそう} _{たず}

（詢問對方關於化妝包有何看法。）

NOTE

_____

_____

_____

Step 3

芳蘭：ポーチのことを褒め、気に入ったと答える。そして、今度作り方を教えてくれるようにお願いする。

(誇讚這個化妝包，說自己很喜歡。並且向對方說明希望下次能學習如何製作的心願。)

知り合い：毎週火曜日の 10 時から A さんの家で近所の人達が集まってお茶を飲みながら、手芸を楽しむ会があるから一度来てみないか誘う。

(每週二 10 點開始，鄰居會聚集在自己家裡。大家邊喝茶邊享受手工藝製作的樂趣。並邀對方來參加個一次看看。)

NOTE

_____

_____

_____

Step 4

芳蘭：行けない理由を述べ、次機会があれば行きたいと答える。

(說明自己無法赴約的理由，並說下次有機會的話會參加。)

知り合い：お互い別れの言葉を言って、その場を離れる。

(互相道別，各自離開。)

NOTE

_____

_____

_____

反覆說個不停永無止境的「謝謝」！

本間岐理／撰　游翔皓／譯

　　當對方對我們有恩或給我們好處時，為了表示感恩，會向對方說「ありがとう」。這句話是表達感恩情緒重要的溝通語言。台灣人當然也會說「謝謝」來聊表感恩的心，但相較之下令人在意的是，日本人說「謝謝」的次數，實在有夠多！

　　只要台灣人對我有恩，我一定都先說句說「謝謝」。然後，過幾天又遇到那個人時，我會說「前幾天真是謝謝您了」，再度表示感謝。很多時候，第一次是當場說，第二次是用Line之類的社群軟體說，第三次則是幾天後遇到的話親自說第三次。但反過來，台灣人當場是會道謝，但過幾天後則完全不會再提這件事。因為我是日本人，所以會期待之後再聽到對方的感謝。沒聽到就總是覺得有些寂寞。但有點不妙的是，期待著對方道謝好像顯地自己很執著於被人家感恩，有時還會感到自己心胸狹小而陷於自我厭惡感中……。

　　然而在日本，再三地好好道謝是理所當然的行為哦。即便過了段時間，這樣的行為表示從沒忘卻對方的恩情。可能這就是確保維持良好人際關係之圓滑溝通手段吧！即便，事實上道謝當下早已沒有什麼感恩的心情……。

CH.2 飲酒文化

　　本章會提到內容的有：居酒屋的特有文化、在居酒屋裏點料理與飲料的方法、台灣與日本在飲酒方式上的不同、結帳的方法、拒絕二次會邀約的方式。進入芳蘭的日本工讀生活之前，先來瞭解相關詞彙與句子，加強自己的語彙力吧！

チエック ① 詞彙與表現

A 單字結合用法

◆在居酒屋

名詞	格助詞	動詞＆形容詞	中文
注文 ちゅうもん	を	聞く／する き	(店員)為客人點菜／(客人)點菜
醤油／胡椒／塩 しょうゆ　こしょう　しお		取る と	拿　醤油／胡椒／鹽
お酒 さけ		注ぐ／お替りする／勧める つ　　　　かわ　　　　すす	倒酒／再上一瓶酒／勸酒
氷 こおり		抜く ぬ	去冰
料理 りょうり		取る／取り分ける と　　と　　わ ／運ぶ はこ	夾菜／將料理依需求均分 ／上菜、端菜
箸 はし		割る わ	拆開免洗筷
店員 てんいん		呼ぶ よ	呼叫店員
（お）会計 かいけい		する	結帳
レモン／醤油／塩 しょうゆ　しお		かける	淋或撒上　檸檬／醤油／鹽
お酒 さけ	に	強い／弱い／酔う つよ　　よわ　　よ	酒力強／酒力弱／酒醉

◆在卡拉 OK

名詞	格助詞	動詞&形容詞	中文
歌（うた）・曲（きょく）	を	入（い）れる／決（き）める	點歌／決定歌曲
キー		上（あ）げる／下（さ）げる	升／降Key
スピード			加快／降低節拍

◆個人身心狀況不好

名詞	格助詞	動詞&形容詞	中文
顔（かお）	が	赤（あか）くなる・火照（ほて）る	滿臉通紅
吐（は）き気（け）		する	想吐
記憶（きおく）		なくなる	毫無記憶
眠気（ねむけ）		襲（おそ）う	睡意襲來
気持（きも）ち・気分（きぶん）		悪（わる）くなる	感覺不舒服
足（あし）		ふらつく／よろける	步伐蹣跚／搖搖晃晃
声（こえ）		枯（か）れる	聲音嘶啞
二日酔（ふつかよ）い	に	なる	宿醉
顔（かお）		出（で）る／出（で）ない	流露在臉上／不流露出
（最終（さいしゅう））電車（でんしゃ）	を	逃（のが）す	錯過(最後一班)電車

B 單字延伸與句子

01 替換說法

詞彙	還能這樣說	中文
チビチビ飲む	少しずつ飲む	一點點兒地啜飲
料理が来る	料理が運ばれる	上菜
グラスを空ける	飲み干す	一飲而盡
おごる	ご馳走する	請客
別々に支払う	割り勘にする	分開付
お会計	お勘定	結帳
(飲み会を) 終える	お開きにする	(宴會或飯局)散會
(曲を) 消す	切る	終止或刪除歌曲
(声が) 出ない	枯れる	聲音嘶啞
足がヨロヨロする	千鳥足になる	(酒後的)步伐蹣跚

02 慣用對話

「ご注文、伺ってもよろしいですか。」

請問您要點些什麼？

「お食事（お飲み物）の方はもうお決まりになりましたか。」

餐點(飲料)的部分您決定好要點什麼了嗎？

「お決まりになりましたら、お呼びください。」

您決定好點什麼後再請呼叫一下。

「何かお勧め、ありますか。」

有沒有什麼是你們推薦的？

「お支払いはどうなさいますか。」

請問您打算怎麼付款呢？

03 擬聲擬態語

グビグビ		
ガブガブ		
グイグイ	（飲む）	咕嚕咕嚕地(大口)喝
ガバガバ		
ガンガン		

ワイワイする	大聲喧嘩
（耳が）キーンとする	耳中嗡嗡作響
（足が）ヨロヨロする・フラフラす	腳軟走起來輕飄飄
（体が）ポカポカする	身體暖烘烘
（店が）ガヤガヤする	整間店嘰嘰喳喳
（喉が）イガイガがする	喉嚨緊，微微發痛

C 情境句型

◆點菜・要求對方

▲ ～抜きでお願いします▲　麻煩請不要加～

「氷抜き／ワサビ抜き　でお願いします。」

麻煩去冰／麻煩請不要加芥末。

▲ ～に（く）してもらえますか。▲　麻煩你～好嗎

「マヨネーズ、多めにしてもらえますか。」

麻煩你多加些美乃滋好嗎？

「もう少し、甘くしてもらえますか。」

麻煩幫我調甜一些好嗎？

▲ ～（て）いただけますか。▲　可以幫我～嗎？

「取り皿／箸／お絞り／　いただけますか。」

可以給我　小盤子／筷子／濕手巾　嗎？

「お皿／グラス　　下げていただけますか。」

可以幫我收走　盤子／玻璃杯　嗎？

◆結帳

▶~に・でお願いします。◀　麻煩請用~的方式結帳

「別々に／一緒に　お願いします。」

麻煩請　分開結帳／一起結帳。

「カード／現金　でお願いします。」

麻煩您，我用信用卡結帳／現金結帳。

◆道別

▶また~ください。◀　敬請再度~

「またご利用ください。」

敬請再度光臨。

「また今度誘ってください。」

下次請再找我喔。

▶~ので、失礼します。◀　因為~，不好意思我先告辭

「明日朝早いので、今日はこれで失礼します。」

因為明天要早起，所以今天我就到此先告辭了。

「これからちょっと用事があるので、お先に失礼します。」

因為等一下有點事要辦，不好意思我先走一步了。

チェック ② 練習問題

01 單字

* 請從題目下方選出適當的單字填入 (含動詞變化) *

> 例・味が薄くなるので、氷を ___抜いて___ もらえますか。

（1）酔って、足が＿＿＿＿＿＿＿＿＿＿＿＿ています。

（2）次はあなたの番ですよ。好きな曲を＿＿＿＿＿＿＿＿＿＿てください。

（3）お酒に強いので、顔には＿＿＿＿＿＿＿＿＿んです。

（4）寝坊して、電車を＿＿＿＿＿＿＿＿＿＿てしまった。

（5）ビール、お＿＿＿＿＿＿＿＿＿いたします。

（6）もう少しキーを＿＿＿＿＿＿＿＿＿＿てください。

（7）料理を＿＿＿＿＿＿＿＿ましょうか。

（8）唐揚げにレモンを＿＿＿＿＿＿＿＿＿＿てもいいですか。

逃す ／注ぐ ／取り分ける ／かける ／出る ／
ふらつく ／入れる ／上げる ／抜く

---

02 替換說法

* 請將底線處替換成其他說法 *

例：すみません、お会計お願いします。
　⇒すみません、　お勘定　お願いします

(1) 今日は僕が　ご馳走します　よ。

　⇒

(2) そろそろ　終わりましょう　か。

　⇒

(3) 大きい声を出し過ぎて、　声が出ない　。

　⇒

(4) すみません、まだ　料理が来ていない　んですけど。

　⇒

(5) この曲は知らないので、　消して　ください。

　⇒

03 擬聲擬態語

例・父（ちち）はお酒（さけ）を＿＿＿＿＿＿＿＿飲（の）んでいます。

⇒父（ちち）はお酒（さけ）を　チビチビ　飲（の）んでいます。

（1）飲（の）み会（かい）では、皆（みな）＿＿＿＿＿＿＿＿と楽（たの）しそうにしています。

（2）お酒（さけ）好（ず）きな課長（かちょう）は＿＿＿＿＿＿＿＿お酒（さけ）を飲（の）んでいます。

（3）喉（のど）が＿＿＿＿＿＿＿＿する。歌（うた）いすぎたかな。

（4）カラオケに行（い）ったので、耳（みみ）が＿＿＿＿＿＿＿＿として、よく聞（き）こえない。

（5）お酒（さけ）を飲（の）んだせいか、体（からだ）が＿＿＿＿＿＿＿＿する。

キーン／ワイワイ／ガンガン／イガイガ／ポカポカ／ヨロヨロ

04　情境問答

Q1. 天ぷら盛り合わせはどんなものがあるか知りたい時、何と尋ねますか。

A：＿＿＿＿＿＿＿＿＿＿＿＿＿＿＿＿＿＿＿＿＿＿＿＿＿＿＿＿＿。

Q2. ビール３つと枝豆２つ欲しい時、どう注文しますか。

A：＿＿＿＿＿＿＿＿＿＿＿＿＿＿＿＿＿＿＿＿＿＿＿＿＿＿＿＿＿。

Q3. 割り勘で支払いたい時、どう言いますか。

A：＿＿＿＿＿＿＿＿＿＿＿＿＿＿＿＿＿＿＿＿＿＿＿＿＿＿＿＿＿。

Q4. 二次会の誘いを理由を説明して断ってください。[自由發揮]

A：＿＿＿＿＿＿＿＿＿＿＿＿＿＿＿＿＿＿＿＿＿＿＿＿＿＿＿＿＿。

チェック ③ 情境會話

飲酒文化
喝酒文化

- 登場人物：●日向／芳蘭／居酒屋店員／學長
- 故事情節：芳蘭跟著日向、社團同學們，體驗日本居酒屋以及日本人的喝酒聚會，學習在日本的喝酒方式。其中體驗到點酒與點菜的方法，例如習慣先從啤酒與店內招牌菜開始，以及居酒屋內特有的文化，例如餐前的小菜與乾杯，也體驗了酒聚場合的不成文規定，例如所謂的無禮講、幹事、添酒等。

會話 1 — 居酒屋初体験／居酒屋初體驗

（居酒屋で）

日向：すみません、注文、お願いします。

店員：はい、では、お先にお飲み物のご注文伺ってもよろしいですか。

日向：えっと、とりあえず、ビールでいいよね。すみません、ビー……。

芳蘭：ちょっと待って！私、お酒はちょっと。コーラ、頼んじゃっていい？

日向：えっ、芳蘭さん、お酒ダメなんだ。てっきり飲めるもんだと思ってたよ。

　　　じゃ、生とコーラ、一つずつ。で、生は瓶でお願いします。

芳蘭：あっ、私もコーラは氷抜きで。

店員：はい、かしこまりました。では、お食事の方お決まりになりましたら、

　　　お呼びください。

（暫くしたら）

店員：お待たせいたしました。お飲み物とお通しになります。

芳蘭：あのう、これ、注文してませんけど。何ですか。

日向：芳蘭さん、居酒屋では、「お通し」っていって、最初にお絞りと一緒に運ばれて

くるものなんだよ。関西では「突き出し」とも言われるんだよ。

芳蘭：へー、じゃ、サービスみたいなもの？

日向：じゃないんだけどね。あっ、すみません、ここのお勧めって何ですか。

店員：では、「タコの踊り食い」はいかがですか。当店の看板メニューですよ。

日向：何それ、せっかくだから、食べてみよっか！あとは、居酒屋と言ったら、やっぱり

枝豆、冷奴、から揚げ、焼き鳥が定番だから、注文しないとね。

中譯

（在居酒屋裏）

日向：不好意思。我要點菜。

店員：好的，那我先幫您點飲料好嗎？

日向：嗯……那不然先來個啤酒好了。不好意思，我要點啤…。

芳蘭：等一下！我不大能喝酒耶。我點可樂可以嗎？

日向：啊！芳蘭你不能喝酒啊？我還以為妳絕對會喝耶。那這樣吧，生啤酒跟可樂各
　　　一。還有，生啤酒麻煩給我瓶裝的。

芳蘭：啊，還有麻煩一下，我的可樂要去冰。

店員：好的沒問題。另外，您決定好要吃什麼之後麻煩您再呼叫我一下喔。

（過了一會兒）

店員：讓您久等了。這是您點的飲料以及餐前小菜。

芳蘭：咦？這個，我們沒點呀！這是什麼？

日向：芳蘭，這東西在居酒屋裏叫做「お通し」。上菜前會和濕紙巾一起先送上的。
　　　在關西，這東西被稱做「突き出し」喔。

芳蘭：喔，這麼說，就像是店家免費招待的小菜囉？

日向：不是免費的喔。對了，請問店內的料理中推薦什麼？

店員：「活章魚料理」如何呢？這是本店的招牌料理。

日向：那是啥！難得有機會我們就吃看看吧。其他的嘛，說到居酒屋想到的
就是毛豆、冷豆腐、炸雞塊、烤雞肉串，這些可都是非點不可的喔！

會話2　みんなで乾杯！／大家來乾杯啦！

（居酒屋で）

先輩：それでは、僕の方から乾杯の音頭を取らせていただきます。乾杯！今日は無礼講だ

　　　からどんどん飲んで食べて楽しみましょう！

芳蘭：先輩、今日は飲み会に誘っていただいて、ありがとうございます。

先輩：芳蘭さん、さっき無礼講って言っただろう。今日は敬語なしで、気楽にね。

芳蘭：あっ、はい。敬語は苦手なので、かえって良かったです。

日向：あれ！芳蘭さん、今日はお酒飲んでる！飲めるようになったの？

芳蘭：飲めるっていっても、少しだけ。やっぱり日本人との付き合いでは飲めなきゃダメ

　　　かなって思って、あれから少しずつ練習してたの。でも、さっき乾杯はできなかっ

　　　たけど。

日向：ん？ああ、そっか。日本語の「乾杯」は中国語と違って、グラスを空にすることは

　　　ないんだよ。その場合は日本語では「一気」って言うんだ。

芳蘭：じゃ、無理して全部飲まなくても大丈夫だったんですね。よかった。

日向：あっ、先輩のグラス、空ですね。お注ぎします。

先輩：ああ、大丈夫。今日は幹事だから、酔ったらまずいっしょ。日向君は、飲んでる？

日向：はい。これでもかなり酔ってるんです。でも、あんまり顔に出ない方なんで、

　　　いつも強いと思われちゃうんですよ。

先輩：無理すんな、まだ二次会があるんだし。じゃ、そろそろお開きにしよう。

（在居酒屋裏）

學長：那麼，各位，就由我來帶頭乾杯吧。乾杯！今天我們就不分身份地位，大塊吃肉大口喝酒，盡情歡樂吧！

芳蘭：學長，謝謝您今天找我來參加酒聚，真的很感謝！

學長：芳蘭啊，我剛剛都說不分身分地位了嘛，今天就別用敬語了，輕鬆愉快些。

芳蘭：啊，是！我敬語超不拿手的，能這樣我反而覺得比較好。

日向：哇賽！芳蘭，你今天有喝酒耶！你變得能喝了？

芳蘭：雖說能喝，但也只能喝一些些啦。因為想說跟日本人互動還是必須要能喝，所以後來我就一點點練習。不過，剛才的乾杯我還不行就是了。

日向：嗯？喔喔～對了，日語中的「乾杯」跟中文的不一樣，不是要你一口氣喝光杯內的酒喔。若是一飲而盡的話，日語會用「一気」這樣的說法。

芳蘭：所以，不用逞強地全部喝完也可以是嗎？真是太好了。

日向：啊、學長的杯子空了喔。我來為您斟滿。

學長：哎呀不用啦！我今天是總負責人，喝醉就不好了。日向，你有喝嗎？

日向：有啊。其實已經有點醉了。不過，我是喝醉臉也不紅的那種人，所以總被誤以為酒力很強。

學長：別太逞強哦！我們等等還要續攤欸。那這樣，我們差不多喝到這兒吧。

チエック ④ 模擬會話練習

示範會話 一次会の終わりで／一次會結束後

先輩：すみません、お会計、お願いします。

店員：はい、では全部で 25000 円になります。お支払いの方ははどうなさいますか。

先輩：じゃ、まだみんなからお金を集めてないので、カードでお願いします。

店員：はい、カードでのお支払いですね。お預かりいたします。では、ここにサインを
お願いします。

先輩：（電卓で計算して）皆さん、これからお金を集めます。今日は全部で 25000 円だっ
たので、えっと、女性は一人 1500 円で、男性は 2500 円お願いします。この後は
二次会で、カラオケに移動します。

先輩：日向、行くだろう？

日向：すみません、明日早いんで、今日はこれで失礼します。

先輩：そっか、明日早いんじゃ仕方ないよな。芳蘭さんはどうする？

芳蘭：私も、二次会は遠慮させていただきます。また今度誘ってください。
この次までにもっと飲めるように練習しておきますね。今日はお疲れさまでした。

先輩：お疲れ！じゃ、気を付けて帰れよ。

學長：不好意思，麻煩結個帳。

店員：好的。您的消費一共是 25000 圓。您打算以何種方式支付呢？

學長：呃，因為還沒跟其他人收錢，先刷我信用卡好了。

店員：好的。刷您信用卡是吧。那我暫時保管您的卡片囉。那麻煩您在此處簽名。

學長：（用計算機精算後）各位，要向你們收錢囉！今天一共是 25000 圓。嗯～女生一人收 1500 圓，男生則是 2500 圓。麻煩各位了！等一下的續攤，我們往卡拉 OK 移動。

學長：日向，你要去對吧？

日向：抱歉，我明天要早起，今天就到此為止了。

先輩：這樣啊，明天要早起就沒辦法了。芳蘭你呢？

芳蘭：我恐怕也無法參加這次續攤，下回請再找我。在那之前，我會再練得更能喝！今天您辛苦了，非常感謝！

學長：辛苦了～那你們回去時自己小心點喔！

Step 1

店員：支払いの方法について尋ねる。

（詢問顧客關於結帳的方式）

日向：現金で支払うことを伝える。

（告訴對方要用現金結帳）

NOTE

_____

_____

_____

Step 2

日向：支払いは割り勘で、女性は 1000 円、男性は 2000 円払う

こと、そして、二次会はボーリングをすることを伝える。

（告訴大家結帳是各付各的。女生每人要付 1000 圓，男生每人
要付 2000 圓。然後，告訴所有人待會兒的續攤要打保齡球）

NOTE

_____

_____

_____

Step 3

日向：二次会に参加するか尋ねる。
(ひなた) (にじかい) (さんか) (たず)

（詢問對方要接著續攤嗎）

芳蘭：これから用事があるから行けないことを伝え、また誘って
(ほうらん) (ようじ) (い) (った) (さそ)

くれるようにお願いして、別れる。
(ねが) (わか)

（告訴對方接下來有事沒法跟著去。並且請對方下次再找自己參
加後告辭）

NOTE

_____

_____

_____

上司說「暢所欲言無需拘泥」千萬別當真

本間岐理／撰　游翔皓／譯

　　最近有種人變多了。自己本身不喝酒，卻會跑去參加有喝酒的聚會。不過，就像日本人常說的「飲みニケーション」（以酒交流）那樣，喝酒的聚會是與他人溝通上重要手段。一旦過了二十歲達到法定飲酒年齡，職場上就不用說了，大學的聯誼等場合，也很常遇到這種喝酒的餐會。

　　但在喝酒時，我們會因為喝醉了不注意自己的言行。一些用字遣詞或說話方式，在熟朋友之間可能無妨，但當對方是上司或同事就完蛋了。有時還會導致隔天工作時氣氛不佳，或別人對我們心存芥蒂。話說回來，即便是喝酒時，上司或學長說了「今日は無礼講で」（今天我們就別講禮數了吧），也不能不假思索地認為是「無礼でもいい」（不顧禮貌也OK）喔。

　　所謂的「無礼講」，是指不去顧忌彼此的身分地位或上下關係等。暫時丟掉虛禮或繁文縟節，好好享受宴會時的歡樂，增進彼此友誼。可是，很多人卻搞錯了「無礼講」這句話的真義。以至於不少人會用宛如哥們兒的口吻跟上司說話，或說上司是「禿おやじ」（禿頭佬）、「スケベおやじ」（色老爹）、等壞話，或說些抱怨工作或職場同事等消極話題。直到事情鬧大了，才嘟嘟嚷嚷地辯解道「だって、無礼講といってたから」（可是，已經說好是無禮講了呀）。那就後悔莫及啦！

　　為了不要搞到這樣的地步，就必須理解到「無礼講」這句話，只是要彼此間的默契，讓交流不要被拘束性的用語給制約罷了，彼此間還是必須以最低限度的禮貌作為互動的準則。或許，進行無禮講的酒席，正是對本性的最佳測試場吧！

CH.3 拜訪日本人的家

本章會提到內容的有：拜訪時的禮節、社交辭令、真心話與表面話、京都人表達上的特殊習慣。進入芳蘭的世界前，先來瞭解相關詞彙與句子，加強自己的語彙力吧！

チェック ① 詞彙與表現

A 單字結合用法

◆到別人家拜訪

名詞	格助詞	動詞＆形容詞	中文
靴		揃える	將鞋子擺整齊
お土産		渡す	將伴手禮送給對方
呼び鈴／インターホン		鳴らす・押す	按　門鈴／對講機
アポ		取る	與對方預約時間
都合	を	聞く	問對方方便與否
予定／連絡		入れる	排入計畫／聯絡對方
スリッパ		履き替える	換穿拖鞋
家		上がる／立ち寄る	進到家裡／順道回家
椅子／ソファ	に	掛ける	坐在　椅子上／沙發上
口		合う／合わない	合胃口／不合胃口
言葉		甘える	恭敬不如從命
予定	が	入る	有排定計畫
素足	で	上がる	赤腳進屋

◆招待客人

名詞	格助詞	動詞&形容詞	中文
コーヒー／お茶		淹れる	泡　咖啡／茶
ケーキ／座布団　等		出す	拿出蛋糕／坐墊　等
おもてなし		する	招待客人
お湯	を	沸かす	把水燒開
部屋		片づける	整理房間
ビール／果物		冷やしておく	冰鎮　啤酒／水果
お客様		迎えに行く／見送る	前往迎接客人／送別客人
家	に	上げる	帶客人進入家裡
部屋		通す	帶客人進入房間

01 替換説法

詞彙	還能這樣説	中文
（部屋に）通す	（部屋に）案内する	介紹、引導客人進入房間
立ち寄る	顔を出す	現身、露臉
家に上がる	お邪魔する	(到別人家裡)打擾對方
手ぶら	身一つで	兩手空空
おもてなし	接待	接待、招待
揃える	並べる	排列整齊
掛ける	座る	坐(在椅子上)
口に合う	好む	(食物)合胃口
失礼する	おいとまする・帰る	告辭

02 慣用對話

◆在對方家的玄關

客： 「ごめんください。」　　有人在嗎？

主： 「いらっしゃい。どうぞお上がりください。」　　歡迎光臨！請進！

◆將伴手禮交給對方時

客： 「つまらないものですが、どうぞ・ほんの気持ちです。」　　一點小心意不成敬意。

◆坐在地板上時

主： 「どうぞ座布団をお当てください。」　　請坐在座墊上。

主： 「足を崩して、お気楽にしてください。」　　請盤腿而坐就可以，無須拘謹。

◆回家時

客： 「そろそろ失礼します。」　　差不多該走了。

客： 「楽しかったので、つい長居してしまいました。」

今天真是快樂，不知不覺打擾了這麼久。

客： 「素敵なおもてなしをありがとうございました。」　　感謝您這麼棒的招待。

客： 「是非今度は私の家にもいらしてくださいね。」　　下次也請務必光臨寒舍。

客： 「お邪魔しました。」　　打擾了。

主： 「またいらっしゃってください。」　　還請您再度光臨喔。

C 情境句型

◆一邊說明理由，一邊表明想要拜訪對方

▲～たいなと思って（い）るん　ですが／だけど……。▲　希望能～

「来週出張で京都へ行くついでに、ちょっと寄りたいなと思ってるんですが。」

下週我要去京都出差。想順道過去看看您。

「お正月帰省するから、久しぶりに遊びに行きたいなと思ってるんだけど」

過年期間我會回老家探親，想說很久沒去您那裏玩了，超想去的。

◆敲定造訪時日

▲～は／なんて、どうですか。▲　這個時段，如何呢？

「来週の日曜日のお昼はどうですか。」

選在下週日的中午如何？

「今度の連休なんてどうかな。」

選在這次連假如何呢？

▲～ならいいですよ。▲　如果是～的話沒問題哦　＊用於提出新的建議

「来週はちょっと……、再来週ならいいよ。」

下週有點不大適合，下下週的話就沒問題。

「水曜日まで出張でいないので、木曜日以降ならいいですよ。」

因出差到週三所以我不在，週四以後就沒問題。

◆一邊確認對方的喜好及經驗，一邊勸飲勸食

▶～かどうか◀ 是否～

「お口に合うかどうか分かりませんが、食べてみてください。」

雖不知是否合您的胃口，但請試著吃看看吧。

「飲んだことがあるかどうか分かりませんが、どうぞ。」

雖不知您有沒有喝過，但請享用吧。

◆告辭時

▶また～ください。◀ 請再次～

「またお近くにいらっしゃった際はぜひお寄りくださいね。」

下次又來這附近時還請您務必大駕光臨。

「また時間があったら、いつでも遊びに来てくださいね。」

下次有時間的話，請您隨時來玩。

チエック ❷ 練習問題

01 單字

* 請從題目下方選出適當的單字填入 (含動詞變化) *

例：行く前に、前もってアポを ___取っておきます___ 。

(1) 何度チャイムを＿＿＿＿＿＿＿＿ても、誰も出てきません。

(2) お言葉に＿＿＿＿＿＿＿＿て、もう一杯いただきます。

(3) お客様を向こうの座敷にお＿＿＿＿＿＿＿＿します。

(4) せっかく持って行ったのに、お土産を＿＿＿＿＿＿＿＿のを忘れてしまいました。

(5) どうぞ、こちらの席にお＿＿＿＿＿＿＿＿ください。

(6) 今お湯を＿＿＿＿＿＿＿＿てくるので、ちょっと待っていてください。

(7) 脱ぎっぱなしにしないで、靴はきちんと＿＿＿＿＿＿＿＿ましょう。

(8) 陳さんは先に家に＿＿＿＿＿＿＿＿て待っていますよ。

> かける ／ とる ／ あまえる ／ そろえる ／ わかす ／ とおす ／
>
> あげる ／ ならす ／ わたす

02 替換說法

* 請將底線處替換成其他說法 *

> 例・部屋を　片付ける　のが苦手です。
> ⇒部屋を　掃除する　のが苦手です。

（1）お客さんを、奥にあるお座敷に　通します　。

　⇒

（2）もう遅いので、そろそろ　失礼します　。

　⇒

（3）私の作った料理は父の　口には合わない　ようだ。

　⇒

（4）どうぞ、その椅子に　おかけください　。

　⇒

（5）人の家に上がるときは、玄関にきちんと靴を　揃えましょう　。

　⇒

03 情境問答

Q1.お土産をあげに近所の人の家へ行きたいとき、何と尋ねますか。

　A：＿＿＿＿＿＿＿＿＿＿＿＿＿＿＿＿＿＿＿＿＿＿＿＿＿＿＿＿＿

Q2.今週の土曜日に先生の家へ訪問するのはどうかと友達に提案するとき、何と
言いますか。

　A：＿＿＿＿＿＿＿＿＿＿＿＿＿＿＿＿＿＿＿＿＿＿＿＿＿＿＿＿＿

Q3.お土産に自分で焼いたケーキを渡すとき、友達の家族に何と言って渡しますか。

　A：＿＿＿＿＿＿＿＿＿＿＿＿＿＿＿＿＿＿＿＿＿＿＿＿＿＿＿＿＿

Q4.また自分の家の近くに来ることがあったら、訪ねて来てほしいと伝えたいとき、
何と言いますか。

　A：＿＿＿＿＿＿＿＿＿＿＿＿＿＿＿＿＿＿＿＿＿＿＿＿＿＿＿＿＿

チェック ③ 情境會話

日本人宅へ
（にほんじんたく）
の訪問
（ほうもん）
拜訪日本人
的家

● 登場人物：芳蘭／日向／學長／學長母親
● 故事情節：芳蘭要去學長家裡拜訪之前，日向告訴她一些關於拜訪日本人的禮節，及伴手禮的相關事項。幾天後，她到學長家裡拜訪時，從學長的母親那裏又聽到不少。學長的母親是京都出身，配合著京都人的民族性以及「真心話及表面話」，她告訴小芳蘭不少到京都人家裡拜訪時必須注意的事項。

會話 1　オタク訪問で気を付けよう！／登門造訪請注意

（喫茶店（きっさてん）で）

芳蘭（ほうらん）：来週（らいしゅう）、先輩（せんぱい）のご実家（じっか）にお邪魔（じゃま）させてもらうことになってるんだけど、無意識（むいしき）に失礼（しつれい）なことしていそうで、心配（しんぱい）。

日向（ひなた）：まあ、日本（にほん）はマナーにうるさいとこあるしな。でも、手ぶらで行（い）ったり、約束（やくそく）の時間（じかん）を守（まも）らなかったりするのは台湾（たいわん）でも良（よ）くないことだろう？

芳蘭（ほうらん）：そうね。でも、台湾人（たいわんじん）は時間（じかん）にルーズなところがあるから、日本人（にほんじん）ほど正確（せいかく）に時間（じかん）を守（まも）らない人（ひと）も多（おお）いかも。

日向（ひなた）：まあ、確（たし）かに、芳蘭（ほうらん）さん、今日（きょう）も 30 分（ぷん）遅（おく）れてきたもんね。

芳蘭（ほうらん）：ごめん！今日（きょう）はここ、私（わたし）のおごりで、許（ゆる）して！

日向（ひなた）：分（わ）かったよ、いつものことだからね。あ、でも、よく 5 分前（ふんまえ）、10 分前行動（ふんまえこうどう）とか言（い）うけど、個人（こじん）の家（いえ）を訪問（ほうもん）するときは、あえて数分（すうふん）から 5 分（ふん）ぐらい遅（おく）れて行（い）った方（ほう）がいいんだよ。

芳蘭：早すぎても遅すぎても失礼にあたるのね。

日向：あと、玄関で脱いだ靴はかがんで、つま先を外に向けて靴の向きを直してから玄関の端に置くのがマナー。

芳蘭：それは知ってる。

日向：それと、トイレではトイレ用のスリッパに履き替えて、畳の部屋ではスリッパは脱がなきゃならないんだ。

芳蘭：えっ、ひたすら脱いだり履いたりして、忙しそう。なんだか煩わしい！

中譯

（在咖啡廳裡）

芳蘭：下週，我要去學長的老家拜訪。不知道會不會不知不覺就做出失禮的事情。很是擔心。

日向：也是。在日本要遵守禮節的地方真的多到有點煩人。不過，像是兩手空空前去拜訪啦，沒有準時赴約啦，這些在台灣也是不好的吧。

芳蘭：沒錯。不過，台灣人對時間的觀念比鬆散，可能不像日本人那般地準時赴約。

日向：沒錯。小芳蘭，妳今天也至少遲到了 30 分鐘耶。

芳蘭：抱歉！今天算我請客，請原諒！

日向：沒事啦，反正又不是第一次了。啊，不過，雖說平常跟人約時提早個 5 分 10 分到是好的，但去別人家拜訪時，刻意慢個 5 分左右到反而比較好喔。

芳蘭：太早到太晚到都算失禮呢。

日向：還有，在玄關脫下的鞋子，必須彎下身將其拿起擺正。腳尖朝外置於玄關的一角。這是拜訪時的禮貌。

芳蘭：這個我知道。

日向：然後，上廁所時要換穿廁所用的拖鞋。在有塌塌米的房間時則是必須脫掉拖鞋。

芳蘭：天啊，老是在脫脫穿穿的，好忙啊！實在有夠繁瑣！

（先輩の実家で）

芳 蘭：先輩のお母様って、京都の方だとお聞きしましたけど、KYな私、大丈夫
でしょうか。

先輩母：よく京都人は話し方が嫌味、皮肉っぽいとか言われるんだけど、全然そんなこ
とないのよ。ただ揉め事を避けようとして、遠回しに言うことで、察してもら
おうとしているの。

芳 蘭：でも、外国人の私からすると、逆に深読みしてしまって、何でも悪く捉えて
しまいそう。

先輩母：確かに、「元気な子ですね。」「いい時計してますね」って、一見褒めてるようで、
京都では「うるさい子」「話が長い」っていう意味になったりするしね。

先 輩：「ゆっくりしていってください。」「お茶、もう一杯いかがですか。」なんて
訪問の時によく使われるフレーズだけど、京都じゃ、「早く帰れ」「本当に
来るな」っていう意味になるからね。

先輩母：あっ、でも、今日私が芳蘭さんに言ったことに裏はないから、心配しないで。

芳 蘭：あっ、はい。でも、そんな言葉の裏の意味を察するなんて私には至難の業だわ。
日本語ってやっぱり難しい！

（在學長的老家）

芳　　蘭：我聽說學長的媽媽您是京都人。算是有點白目的我，不會貽笑大方吧？

學長媽媽：雖然大家都說京都人說起話總有點挖苦人的味道，講話方式令人不悅等，
　　　　　但其實完全不是這麼一回事喔。只不過京都人為了避免起口角，拐彎抹角
　　　　　地說話。這點還請多多體諒。

芳　　蘭：不過，因為我是外國人，我反而會想太多，總覺得聽起來都是負面的感覺。

學長媽媽：確實，「這孩子真是元氣滿滿呢。」「戴的這錶真棒」等，乍看以為是在
　　　　　誇讚別人，在京都其實這有「這孩子實在有夠吵」「話怎麼說個沒完」的
　　　　　意思在呢。

學　　長：「請把這裡當成自己的家。」「再來杯茶怎麼樣啊。」等等在拜訪他人時
　　　　　常聽到的台詞，在京都其實有「給我早點滾」「別真的給我來」這樣的意
　　　　　思在。

學長媽媽：啊，不過我今天跟小芳蘭妳說的話都沒有別的意思在喔，請別擔心。

芳　　蘭：啊，好的。不過，要察覺這些話中所含有的其他意思，對我而言真是很難
　　　　　的功課。日語果然好難呀！

チェック ④ 模擬會話練習

示範會話 日本人の宅への訪問／訪問日本人的家

（玄関先で）

芳　　蘭：ごめんください。

日向の母：はーい。いらっしゃい。

芳　　蘭：初めまして、芳蘭と申します。日向君とは同じ学校のクラスメートで、いつも
　　　　　お世話になっています。本日はお招きいただきまして、ありがとうございます。

日向の母：いいえ、こちらこそ。まあ、どうぞ上がって。

（居間で）

芳　　蘭：あのう、これ、つまらないものですが、どうぞ。台湾の高山ウーロン茶です。
　　　　　お口に合うかどうか。

日向の母：まあ、気を使ってもらっちゃって。台湾のウーロン茶は好きで、毎日飲んでる
　　　　　んですよ。あっ、芳蘭さん、コーヒーか紅茶はいかが？それか、ウーロン茶
　　　　　の方がいいかしら。

芳　　蘭：いいえ、じゃ、コーヒー、お願いします。

（数時間後）

芳　　蘭：今日は楽しかったもので、つい長居してしまいました。そろそろ失礼します。

日向の母：あら、もうお帰りになるの？夕飯、良かったら、ご一緒にいかが？

芳　　蘭：ありがとうございます。でも、明日の朝早いので、今日はこれで失礼させて
　　　　　いただきます。

日向の母：そう。残念ね。じゃ、また時間があったら、いつでも気軽に遊びに来てね。

芳　　蘭：はい、では、今日はどうもありがとうございました。

中譯

（在玄關）

芳　　蘭：請問有人在嗎？

日向媽媽：來了。歡迎光臨。

芳　　蘭：初次見面您好。我叫芳蘭，跟日向是同一間學校的同學，總是受他照顧。
　　　　　今天承蒙邀請來到貴府，不勝感激。

日向媽媽：不敢當，彼此彼此。快請進。

（在客廳）

芳　　蘭：對了，這個小東西不成敬意，請您笑納。這是台灣的高山烏龍茶。不知您
　　　　　是否喜歡。

日向媽媽：哎呀～真是不好意思讓妳費新了！我很喜歡台灣的烏龍茶，每天都會泡來
　　　　　喝呢。對了，小芳蘭，妳要喝咖啡還是紅茶呢？或者就泡這個烏龍茶好了。

芳　　蘭：不用啦，我喝咖啡好了，麻煩您了。

（數小時後）

芳　　蘭：今天真是高興，結果一不留神居然就待了這麼久。差不多該告辭了。

日向媽媽：啊，要回去了嗎？要是不介意的話，留下來一起用晚餐如何？

芳　　蘭：感謝您。但是，明天要早起，所以今天就打擾到這裡了。

日向媽媽：這樣啊。真是可惜，以後還有時間的話，歡迎妳隨時來玩。

芳　　蘭：好的。今天非常感謝您的招待。

日本人の宅への訪問／訪問日本人的家

Step 1

芳　　蘭：先輩の家を訪問し、玄関先で先輩のお母さんに挨拶をする。

（拜訪學長的家，在玄關與學長的媽媽打招呼。）

先輩の母：芳蘭さんを迎え入れる。

（歡迎芳蘭，將她請進屋。）

NOTE

_____

_____

_____

Step 2

芳　　蘭：お土産に東京バナナを渡す。

（將東京バナナ當作伴手禮，送給對方。）

先輩の母：朝自分が焼いたケーキを勧める。

（請客人享用早上自己烤的蛋糕。）

NOTE

_____

_____

_____

Step 3

芳　蘭：お礼をしつつ、これからアルバイトが入っているため

失礼することを伝え、次につながる言葉を添える。

（一邊道謝，一邊告訴對方接下來自己要去打工所以要告辭了，並說之後再來訪之類的話。）

先輩の母：またの訪問を楽しみにしていることを伝える。

（告訴對方，自己很期待對方下一次的大駕光臨。）

NOTE

_____

_____

_____

當京都人說「好哦～」別高興得太早

本間岐理／撰　游翔皓／譯

　　說到京都，我們會想到這裡曾經是日本的首都，歷史性建築物林立，也可說是首屈一指的日本歷史與文化之都。這麼一個讓人感到高雅的地方，所使用的「京都弁」（京都腔），使用起來會覺讓人得講起話超有品。它在受歡迎的方言排行榜上也老是名列前茅，讓許多人深深感受到其魅力。

　　但是必須注意，一般認為這種聽起來讓人覺得療癒又溫和的「京ことば」（京都話）中，京都人會把心裡想說的話包藏地天衣無縫，就像京都銘菓「生八つ橋」那樣。例如，邀京都人吃飯或看電影時，若京都人回答「考えとくわ」（我考慮一下）的話，那幾乎百分之百是「人家才不要去」的意思。「よろしいなぁ」（好耶）不是「OK」的意思，而是含有「隨便啦」的意思。「どないしはったん？」（怎麼啦？）不是因為擔心而問對方怎麼了，而是「気は確か？」（你真的行嗎？）這樣帶有諷刺口吻的、有點瞧不起對方的表現。

　　京都話雖然聽起來既柔軟又溫柔，但若沒聽清楚背後的真正意思，對方說什麼就一股腦兒直接解讀的話，後果恐怕很嚴重。但我們也不能因為這樣，一口咬定京都人就是表裡不一、滿肚子壞水。因為能夠區別「本音」（真心裡話）與「建前」（表面話），避免說話太過直接，繞圈子向對方傳達真意的方式來說話，才正是正港的京都人。

CH.4 交往&婚宴禮節

陳芳蘭

學習重點

　　本章會提到內容的有：現代與結婚對象相遇相識的方法、婚宴禮節(禮金與服裝)、約會的邀約、對心上人告白。進入芳蘭的世界前，先來瞭解相關詞彙與句子，加強自己的語彙力吧！

チエック ① 詞彙與表現

A 單字結合用法

◆邂逅

名詞	格助詞	動詞＆形容詞	中文
デート	を	<ruby>重<rt>かさ</rt></ruby>ねる	多次約會
<ruby>駆<rt>か</rt></ruby>け<ruby>引<rt>ひ</rt></ruby>き／<ruby>告白<rt>こくはく</rt></ruby>／ デート／アプローチ／ <ruby>合<rt>ごう</rt></ruby>コン／<ruby>婚活<rt>こんかつ</rt></ruby>		する	戀愛中的攻防／告白／ 約會／接近對方／ 聯誼／為尋找對象做準備
<ruby>女性<rt>じょせい</rt></ruby>		リードする	引導女性
<ruby>出会<rt>であ</rt></ruby>い／<ruby>理想<rt>りそう</rt></ruby>		<ruby>求<rt>もと</rt></ruby>める	追求　邂逅／理想
<ruby>告白<rt>こくはく</rt></ruby>		<ruby>受<rt>う</rt></ruby>け<ruby>入<rt>い</rt></ruby>れる／<ruby>断<rt>ことわ</rt></ruby>る	接受／拒絕　對方告白
<ruby>運命<rt>うんめい</rt></ruby>の<ruby>出会<rt>であ</rt></ruby>い		<ruby>待<rt>ま</rt></ruby>つ、<ruby>夢見<rt>ゆめみ</rt></ruby>る	等待、夢想　註定的相遇
スペック・ステータス	が	<ruby>高<rt>たか</rt></ruby>い／<ruby>低<rt>ひく</rt></ruby>い	高／低　社經地位
<ruby>縁<rt>えん</rt></ruby>／<ruby>脈<rt>みゃく</rt></ruby>／<ruby>結婚願望<rt>けっこんがんぼう</rt></ruby>		ある／ない	有緣／沒緣 (戀情)有戲／沒戲 期待結婚／不期待結婚
<ruby>金銭感覚<rt>きんせんかんかく</rt></ruby>、<ruby>価値観<rt>かちかん</rt></ruby>		<ruby>似<rt>に</rt></ruby>ている／ ずれている	金錢觀、價值觀相近／ 金錢觀、價值觀有落差
<ruby>出会<rt>であ</rt></ruby>い		ある／ない	有邂逅／無邂逅
<ruby>恋愛<rt>れんあい</rt></ruby>	に	<ruby>消極的<rt>しょうきょくてき</rt></ruby>／<ruby>積極的<rt>せっきょくてき</rt></ruby>／<ruby>発展<rt>はってん</rt></ruby>する	對戀愛消極／對戀愛積極 ／發展成戀愛關係
<ruby>好<rt>す</rt></ruby>きな<ruby>人<rt>ひと</rt></ruby>		<ruby>振<rt>ふ</rt></ruby>られる	被喜歡的人甩了
<ruby>男性<rt>だんせい</rt></ruby>／<ruby>女性<rt>じょせい</rt></ruby>		もてる	受男性／女性歡迎
<ruby>恋<rt>こい</rt></ruby>		<ruby>落<rt>お</rt></ruby>ちる／<ruby>破<rt>やぶ</rt></ruby>れる	陷入戀情／失戀

◆戀愛

名詞	格助詞	動詞&形容詞	中文
浮気／長距離恋愛 ／復縁	を	する	花心、外遇／遠距離戀愛 ／復合
信頼関係		築く	建構信賴關係
やきもち		妬く	忌妒
別れ		切り出す	提出分手
愛想		尽かす・愛想が尽きる	對對方已放棄或感情耗盡
気持ち	が	薄れる	(對對方)沒有感覺
フィーリング		合う	互有感覺
マンネリ／自然消滅 ／沈黙／夢中	に	なる	陷入平淡／無疾而終 ／沉默下來／沉迷
彼／彼女		惹かれる	被他／她吸引
失恋	から	立ち直る	失戀後重新振作

◆結婚

名詞	格助詞	動詞＆形容詞	中文
身_み		固_{かた}める	結婚成家
スキンシップ		とる	身體互相接觸
プロポーズ／入籍_{にゅうせき}		する	求婚／嫁入
愛_{あい}		誓_{ちか}う	誓言愛情
バージンロード	を	歩_{ある}く	走紅毯
誓_{ちか}いのキス／杯_{さかずき}		交_かわす	互換誓言之吻／互敬交杯酒
ご祝儀_{しゅうぎ}		渡_{わた}す	交付禮金
結婚式_{けっこんしき}・挙式_{きょしき}		挙_あげる	舉辦結婚典禮

B 單字延伸與句子

01 替換說法

詞彙	還能這樣說	中文
（気持ちが）薄れる	冷める	感覺變淡
結婚する	ゴールインする・身を固める・落ち着く	結婚成家
好きになる	恋に落ちる	陷入熱戀
もてる	人気になる	很受歡迎
マンネリになる	マンネル化する・飽きる	陷入平淡，互動模式一成不變
やきもちを妬く	嫉妬する	忌妒
惹かれる	好きになる	對某人深深著迷

◆ 告白

「ずっと一緒にいたい。」　　想永遠與你在一起。

「必ず大切にします。」　　我一定會好好待你。

「僕の彼女になってください。」　　請當我女朋友。

◆ 拒絕對方的告白

「ありがとう。でも、友達のままでいよう。」　　謝謝。不過我們還是維持朋友關係吧。

「こんな私／僕を好きになってくれてありがとう。でも、今は仕事／勉強のことしか考えられない（の・んだ）。」　　很謝謝你喜歡這樣的我。不過，我現在只能專心在工作／學習上。

「ごめん、君の気持には答えられない。」　　抱歉。我無法回應你的心意。

◆ 分手

「少し距離を置かないか。」　　我們還是給彼此空間吧。

「今までありがとう。」　　一直以來很謝謝你。

「あなたと付き合えてよかった。」　　能與你走過這一段，我很幸運。

◆ 求婚

「一生大切にします。」　　我會一輩子珍視你。

「毎日君の作った料理を食べたい。」　　每天都想吃你的親手料理。

「僕と家族になってください。」　　請當我的家人。

「残りの人生を一緒に過ごしてください。」　　之後的人生，請陪我一起過。

◆ 祝福對方結婚

「ご結婚おめでとうございます。末永くお幸せに。」

恭喜你們結婚。一定要永遠幸福喔。

「いつまでも笑顔の溢れる家庭を築いてね。」　　請你們建構永遠洋溢著歡笑的家庭。

「末永く幸多かれとお祈り申し上げております。」　　祝你們永遠幸福。

◆ 婚禮禁忌詞彙

1　別れを連想させる言葉：「別れる、切る、切れる、離れる」

　　使人聯想到離別的話：分別、切斷、斷掉、離開

2　不幸、不吉な言葉：「敗れる、悲しむ、嫌う、九、四」

　　不幸，不吉祥的話：失敗、悲傷、嫌棄、九、四

3　重ね言葉（結婚は一度だけがいいため）：「再び、いろいろ、度々」

　　使用疊字的話（因為結婚只要一次就好）：再度、各種、多次

チエック ② 練習問題

01 單字

* 請從題目下方選出適當的單字填入 (含動詞變化) *

例：6月に結婚式を＿＿挙げる＿＿予定です。

(1) 交際は男性が女性をうまく＿＿＿＿＿＿＿＿＿＿ていったほうが上手くいくと思います。

(2) 3年の交際期間を＿＿＿＿＿＿＿＿＿て、結婚に至りました。

(3) それでは、これから杯を＿＿＿＿＿＿＿＿＿たいと思います。

(4) 結婚生活を長く続けるには十分なスキンシップを＿＿＿＿＿＿＿＿ことが大切です。

(5) サプライズのプロポーズを＿＿＿＿＿＿＿＿ようと考えています。

(6) 最近はダンスに夢中に＿＿＿＿＿＿＿＿ています。

(7) 昨日彼から突然別れを＿＿＿＿＿＿＿＿ました。

(8) 度重なる彼の浮気にすっかり愛想を＿＿＿＿＿＿＿＿てしまいました。

> する ／ リードする ／ なる ／ 尽かす ／ 交わす ／ 挙げる ／ とる ／
> 経る ／ 切り出す

02 替換説法

* 請將底線處替換成其他説法 *

例：私の彼はとても　もてる　ので、心配です。
⇒私の彼はとても　人気がある　ので、心配です。

(1) 独身の友達は、結婚相手に　スペック　が高い人を求めすぎです。

　⇒

(2) 5年も付き合っていると、どうしても　マンネリ化し　てしまいます。

　⇒

(3) 彼女への気持ちがだんだん　薄れて　きました。

　⇒

(4) 以前からお付き合いしていた相手と　結婚する　こととなりました。

　⇒

(5) 一目見たときから　好きになって　しまいました。

　⇒

03 情境問答

Q1. 結婚のお祝いの言葉を贈る時、何といいますか。

　A：＿＿＿＿＿＿＿＿＿＿＿＿＿＿＿＿＿＿＿＿＿＿＿＿＿＿＿＿＿＿

Q2. 好きな人に告白する時、何といいますか。[自由に答えてください]

　A：＿＿＿＿＿＿＿＿＿＿＿＿＿＿＿＿＿＿＿＿＿＿＿＿＿＿＿＿＿＿

Q3. 告白を断る時、何と言いますか。[自由に答えてください]

　A：＿＿＿＿＿＿＿＿＿＿＿＿＿＿＿＿＿＿＿＿＿＿＿＿＿＿＿＿＿＿

Q4. プロポーズする時、何と言いますか。[自由に答えてください]

　A：＿＿＿＿＿＿＿＿＿＿＿＿＿＿＿＿＿＿＿＿＿＿＿＿＿＿＿＿＿＿

チェック ③ 情境會話

● 登場人物：芳蘭／日向／山田
● 故事情節：以前一起打工的同事千繪要結婚了，所以接受她的邀請參加婚禮。芳蘭一邊與日向聊些關於千繪與新郎從相遇開始的八卦，一邊從日向那兒打聽了日本結婚典禮的相關知識。之後的某天，同班同學的山田，突然提出想跟芳蘭約會。芳蘭也答應了。幾次約會之後，山田對她告白了！

出会いから
結婚まで
從相遇
到結婚

會話 1 結婚式に誘われた！／受邀參加婚禮

芳蘭：日本に来たばかりの頃、バイト先で一緒だった千絵さんって覚えてる？

日向：うん、芳蘭さんに日本語を教えてくれてた人？

芳蘭：そう。千絵さん結婚するんだって。マッチングアプリで出会ったみたいよ。

日向：それって、いわゆる出会い系サイトだよね。

芳蘭：まあね。で、そこで知り合った人と、わずか一年でゴールインだって。

日向：上手くいってよかったじゃん。

芳蘭：うん。それで、式に招待されたんだけど、お金って、いくら包めばいいのかな。

日向：まず、金額は友人なら相場3万って言われてるよ。

芳蘭：日本は奇数なのね。（小声で：でも、3万って、留学生の身には結構痛い金額……。）

日向：うん、偶数みたいに割り切れると別れをイメージさせるからね。

芳蘭：因みに、服装はどんなのがいいのかな。

日向：女性のはちょっと……。待って、ネットで調べてみる。えっと、全身白は花嫁さんの白とかぶるし、黒は喪服みたいでダメ。アニマル柄や皮や毛皮製品も殺生をイメージするからNG。

芳蘭：そっか、ありがとう。またレンタルドレスのお世話になっちゃおうっと。

中譯

芳蘭：你記得我剛來到日本時，一起打工的那個千繪嗎？

日向：記得。是她教妳日文的吧？

芳蘭：對。聽說千繪要結婚了。好像是透過手機的配對APP認識對方的樣子。

日向：那個，就是所謂的交友網站吧。

芳蘭：算是吧。然後跟在那裏認識的人，只花了一年就達陣了。

日向：進展這麼順利也是可喜可賀啊。

芳蘭：嗯，所以，我就被邀請參加結婚典禮。關於禮金，包多少好呢？

日向：首先，關係是朋友的話，一般行情是3萬日元喔。

芳蘭：在日本包的金額是奇數耶。

（小聲道：不過，對於身為留學生的我而言，花個3萬日圓實在心痛……。）

日向：嗯，因為偶數可以被平分，會讓人跟「分開」這樣的印象綁在一起。

芳蘭：順便問一下，服裝要穿什麼好呢？

日向：女生的服裝我不大知道耶。啊，等等。我查網路看看。嗯……全身上下都白色的話會跟新娘撞衫。黑色的話像是喪服也不行。動物毛皮花紋或皮草的製品會產生殺生的印象，也是不行。

芳蘭：這樣啊，謝謝囉！我還是光顧禮服租借店好了。

會話2 告白された！／被告白了！
こくはく

（電話で）
でんわ

山田：芳蘭さん、おはよう。山田です。
やまだ　ほうらん　　　　　　　　　やまだ

芳蘭：もしもし、へっ？山田君？おはよう。どうしたの、こんな朝早く。
ほうらん　　　　　　　　　やまだくん　　　　　　　　　　　　　　　あさはや

山田：今日、ひま？前に桜見たいって言ってたじゃん。今ちょうど見ごろだから、見に
やまだ　きょう　　　　まえ　さくらみ　　　　　い　　　　　　　　いま　　　　　　みごろ　　　　　　　み
　　　行かない？
　　　い

芳蘭：桜！うん、行く！他にも誰か行くの？日向君とか。
ほうらん　さくら　　　　い　　ほか　　だれ　ゆ　　　　ひなたくん

山田：芳蘭さんってさ、日向君と仲いいよね。やきもち妬いちゃうなあ。
やまだ　ほうらん　　　　　ひなたくん　なか　　　　　　　　　　や

芳蘭：やきもちって。日向君はただの仲いい友達だよ。
ほうらん　　　　　　　　ひなたくん　　　　　なか　　ともだち

山田：そっか。じゃ、今日は二人だけでどうかな。
やまだ　　　　　　　きょう　ふたり

芳蘭：えっ。これってデートだよね。
ほうらん

山田：嫌かな。
やまだ　いや

芳蘭：そんなこと絶対ないよ（ドキドキ）。じゃ、また後でね。
ほうらん　　　　　ぜったい　　　　　　　　　　　　　あと

（何度かのデートを重ねた数か月後）
なんど　　　　　　　かさ　　すう　げつご

芳蘭：家まで送ってくれて、ありがとう。今日は本当に楽しかった。じゃ、また明日、
ほうらん　いえ　おく　　　　　　　　　　きょう　ほんとう　たの　　　　　　　　　　あした
　　　学校でね。
　　　がっこう

山田：あっ、ちょっと待って。実は俺、初めて会った時から芳蘭さんが気になってて、
やまだ　　　　　　　ま　　じつ　おれ　はじ　あ　とき　ほうらん　　き
　　　何度かデートしてみて、やっぱりフィーリングとか合うし趣味とかも似てるし
　　　なんど　　　　　　　　　　　　　　　　　　　あ　しゅみ　　　　に
　　　……。

芳蘭：うん……。ん？何？どうしたの？
ほうらん　　　　　　なに

山田：いやっ、それで、よかったら、あの……、俺と付き合ってください！
やまだ　　　　　　　　　　　　　　　　　おれ　つ　あ

芳蘭：えっ……。こちらこそよろしくお願いします。
ほうらん　　　　　　　　　　　　ねが

山田：えっ、本当にいいの！やった！
やまだ　ほんとう

中譯

（電話中）

山田：芳蘭，早啊。我是山田。

芳蘭：喂喂，咦？是山田？早啊～怎麼了，這麼早打給我？

山田：今天有空嗎？妳之前說想看櫻花。今天剛好是開的最盛的時候。要不要一起去
　　　賞花啊？

芳蘭：賞花！要去要去！還有誰要去嗎？日向有要去嗎？

山田：芳蘭啊，跟日向感情真好呢。讓我好生忌妒呀。

芳蘭：忌妒什麼啦！我跟日向只是很要好的朋友而已啦！

山田：這樣啊。那，今天就我們兩人去怎麼樣？

芳蘭：哇……那這算是約會嗎？

山田：妳不喜歡這樣嗎？

芳蘭：絕對沒那回事（小鹿亂撞）。那，等會兒見。

（兩人約會好幾次的幾個月後）

芳蘭：謝謝你送我回家。今天真的很開心！明天學校見囉。

山田：啊，等一下。其實我從第一次遇見芳蘭開始，就喜歡妳了。試著跟妳約會好幾
　　　次後，我也確認了自己的感覺。而且我們的嗜好之類的也很合……。

芳蘭：怎麼了？你要說什麼嗎？

山田：不是，所以，妳願意的話，呃……請跟我交往！

芳蘭：……。我願意。還請你請多多關照～

山田：哇！真的 OK 嗎？YES！

チエック **④** 模擬會話練習

 示範會話 結婚のお祝い／結婚祝賀

（披露宴会場で）

芳　蘭：本日はおめでとうございます。

受　付：本日はお忙しいところご出席いただき、ありがとうございます。

芳　蘭：わたくし、新婦友人の陳芳蘭でございます。（礼をしながら）この度はお招

きいただきありがとうございます。

受　付：（礼）

芳　蘭：（ご祝儀を渡す）心ばかりの気持ちでございますが、お祝いでございます。

受　付：ありがとうございます。お預かりいたします。恐れ入りますが、こちらの芳

名帳にお名前をお願いいたします。

芳　蘭：はい。（書き終わって）本日はお世話になりますが、よろしくお願いいたし

ます。

受　付：こちらこそよろしくお願いいたします。

（宴が終わり、お見送りしてくれる新郎新婦に言葉をかける）

新郎新婦：今日は遠いところ来てくれてありがとう。

芳　蘭：いいえ、こちらこそこんな素敵なお式にご招待いただいて、ありがとうござ

いました。千絵さん、本当に幸せそうですね。ウエディングドレス、とても

お似合いですよ。

（在婚宴會場）

芳蘭：恭喜恭喜。

受付：百忙之中承蒙您的出席，不勝感激。

芳蘭：我是新娘的朋友陳芳蘭。（一邊低頭行禮）此次承蒙邀請非常感謝。

受付：（低頭回禮）

芳蘭：（交付禮金）這是微不足道的一點小心意，以表示我的祝賀。

受付：謝謝您，我收下了。不好意思還要麻煩您，將大名寫在這本芳名簿裡。

芳蘭：好的。（寫完後）今天承蒙照顧，請多多關照。

受付：彼此彼此，請多多關照。

（婚宴結束，對送客的新郎新娘說些話）

新郎新婦：今日承蒙遠來，不勝感激。

芳蘭：不不，承蒙您招待，能參加如此精緻的婚禮，我才更要感謝你們。千繪，妳看
　　　起來真的很幸福喔。這件婚紗，跟妳很搭！

ほうらん うけつけ い いわ の
芳蘭：受付に行き、お祝いを述べる。

（到了收禮金櫃台，說些祝賀的話。）

うけつけ しゅっせき かんしゃ の
受付：出席してくれたことへの感謝を述べる。

（說些感謝您的出席之類的話。）

NOTE

_____

_____

_____

ほうらん な の しょうたい う れい の
芳蘭：フルネームで名乗り、招待を受けたことにお礼を述べ、ご
しゅうぎ わた
祝儀を渡す。

（告訴對方自己的全名，並明承蒙邀請非常感謝，並將禮金交給
對方。）

うけつけ しゅうぎ れい の ほうめいちょう きにゅう ねが
受付：ご祝儀へのお礼を述べ、芳名帳への記入をお願いする。

（行禮表達對對方的禮金的感謝，並請對方在芳名簿上寫下姓名。）

NOTE

_____

_____

_____

芳蘭：記入後、今日お世話になることを伝える。

（寫完後，說今天自己承蒙關照，很是感謝。）

受付：同じようにお世話になることを伝える。

（說自己同樣承蒙賓客的關照，表示感謝。）

NOTE

_____

_____

_____

芳蘭：宴が終わり、お見送りしてくれる新郎新婦に対し、招待してくれたことへの感謝や祝福、披露宴の感想（良かったこと）を伝える。

（宴會結束，對送客的新郎新娘說感謝邀請及招待等感言，並表達祝福、及說明對這場婚禮的感想（好的部分即可）。）

NOTE

_____

_____

_____

日本人的求婚金句可以有多曖昧？

本間岐理／撰　游翔皓／譯

　　一生一次的「求婚」。求婚時最重要的是透過語言，將心意傳達給對方。對女性而言，這可是要作為終生回憶的重要事物，對其抱著極大的憧憬期待。反之對男性而言，要以什麼樣的話傳達心意才好，是不得不下足工夫、非常頭疼的大哉問。

　　「月が綺麗ですね。」（月色真美）雖表面上不是求婚台詞，但文豪夏目漱石曾以此作為「I love you」的翻譯，因而名噪一時，日本男人自古以來普遍害羞，也因此，日語裡曖昧表現很多。

　　聽說在日本最常用的，仍是直球對決：「結婚してください」（請與我結婚）。還有「僕と同じ苗字になりませんか」（跟我改成一樣的姓氏吧）、「僕と同じ苗字の印鑑を使ってください」（請跟我使用相同姓氏的印鑑）。這是在夫婦同姓的日本才聽得到的特殊台詞。另外，因為有人認為女性就是得負責家事，所以還有聽起來性別歧視的「毎朝お味噌汁を作ってください」（請每天早上為我做味噌湯）、「毎日僕を起こしてほしい」（想要妳每天叫我起床）這樣的台詞。

　　以下這些台詞圈子繞更遠了，像是「転勤になったんだけど、一緒に行かない？＝俺についてきて」（我被調職到別地去，要不要跟我一起去？＝請跟著我吧）、「来年のお正月は一緒にいたい＝家族として過ごそう」（明年的新年希望一起過。＝成為家人一起過吧）、「もう家賃を一人で払いたくないんだけど。＝二人で暮らそう」（不想一個人付房租了。＝兩個人一起生活吧），等等。

　　不過，聽說也有不少日本人不將求婚台詞說出口，而是隨著氣氛或情勢的變遷，自然而然地走到結婚那步。這樣的傾向，讓人感到那種以心傳心來構築彼此關係的，很純粹日式的做法。

CH.5 派對

學習重點

本章會提到內容的有：邀請他人與拒絕他人的方式、舉辦派對的禮節、家庭派對、派隊上的餘興節目、與初次見面的人如何展開對話。進入芳蘭的世界前，先來瞭解相關詞彙與句子，加強自己的語彙力吧！

チエック ① 詞彙與表現

A 單字結合用法

◆家庭派對 (轟趴)

名詞	格助詞	動詞&形容詞	中文
友達		招待する	招待朋友
誘い		断る	拒絕邀請
ゲーム／作り置き／買い出し		する	玩遊戲／事前備好料理／採買料理所需材料
テーブル		セットする・整える	布置餐桌
料理	を	持ち寄る	(各自把)料理帶來
部屋		飾り付ける	裝飾房間
パーティー		開催する	舉辦派對(開趴)
費用		負担する	負擔費用
飲み物		持参する	自備飲料出席
料理		サーブする	上菜

◆立食派對

名詞	格助詞	動詞・形容詞	
出_だし物_{もの}／余興_{よきょう}		披露_{ひろう}する	演出節目／表演餘興節目
料理_{りょうり}		取_とる／取_とり分_わける ／盛_もり付_つける	取用菜餚／分菜 ／將料理裝盤
乾杯_{かんぱい}		交_かわす／求_{もと}める	乾杯／邀對方敬酒
音_{おと}	を	立_たてる	發出聲音
テーブル		囲_{かこ}む	圍一桌
皿_{さら}／グラス		取_とり替_かえる	換新盤子／換玻璃杯
パーティー		進_{すす}める／セッティングする	進行派對／舉辦派對
会場_{かいじょう}		抑_{おさ}える・確保_{かくほ}する	預約會場
人_{ひと}	と	交流_{こうりゅう}	與他人交流
会話_{かいわ}	に	割_わり込_こむ	插話
話_{はなし}	が	弾_{はず}む	聊地起勁

◆遊戲・餘興節目、演出節目

名詞	格助詞	動詞・形容詞	
お題<ruby>だい</ruby>		出<ruby>だ</ruby>す	出題
クイズ		解<ruby>と</ruby>く	解答小猜謎
正解<ruby>せいかい</ruby>		発表<ruby>はっぴょう</ruby>する	公布正確答案
グループ	を	組<ruby>く</ruby>む	組隊
くじ／カード		引<ruby>ひ</ruby>く	抽籤／抽卡片
時間<ruby>じかん</ruby>		設定<ruby>せってい</ruby>する	設定時間
ステージ		立<ruby>た</ruby>つ	站在台上
手短<ruby>てみじか</ruby>	に	収<ruby>おさ</ruby>める	簡短地結尾
スムーズ		行<ruby>おこな</ruby>う	順暢地進行
手間<ruby>てま</ruby>	が	かかる	費時費工
手<ruby>て</ruby>		込んでいる<ruby>こ</ruby>	耗工的

01 替換說法

詞彙	還能這樣說	中文
手短に収める	簡単に済ます	簡短地收尾
飾り付ける	デコる	裝飾
手間がかかる	モタつく	費時費工
ステージに立つ	舞台に上がる	登台、站上舞台
盛り上がる	テンションが高まる	情緒高漲、嗨起來
話が弾む	話に花が咲く	聊地起勁

02 擬聲擬態語

パサパサする	乾燥、缺乏滋潤地
サクサクする	（較酥鬆的食物）酥酥脆脆地
シャキシャキする	清脆爽口地
ふわふわする	鬆軟地
パリッとする・パリパリする	（稍堅硬的食物）酥酥脆脆地
カリカリする	（偏硬的食物）乾硬酥脆地
ほくほくする	熱騰騰又鬆軟軟地
もちもちする	柔軟Q彈地
プリプリする	緊緻有彈性地
トロトロする	黏稠地
ネバネバする	黏踢踢地

03 慣用對話

◆ 回覆對方的邀請　①拒絕

☞ 客套話

「とても残念_{ざんねん}ですが」　　很可惜…。

「せっかく声_{こえ}をかけていただいたんですが」

難得是您的邀約，可惜…。

☞ 敘述理由並拒絕

「ちょっと都合_{つごう}が入_{はい}っていて参加_{さんか}できなんですよ。」

時間的安排上剛好有些不湊巧以致無法參加。

「あいにくその日はちょっと……」

不巧那天有些事…。

☞ 麻煩對方下次再約

「次回はぜひ参加したいと思いますので、また誘ってくださいね。」

我下次一定會參加的，請再邀我喔。

「また今度お願いします。」

下次再麻煩您邀我。

◆ 回覆對方的邀請　②接受

「ご招待ありがとうございます。喜んで伺います。」

感謝您招待我。我很高興能赴約。

「ええ、是非参加します。」

是的，我一定會參加。

◆ 與剛認識的人的開場金句

「〜とはどういうお知り合いですか。」

您與〜是怎麼認識的呢？

「知らない人ばかりだと緊張しますね。」

盡是些生面孔所以蠻緊張的。

「にぎやかな会ですね。」

真是個熱鬧的聚會呀。

「よく参加されるんですか。」

您常參加嗎？

チエック ② 練習問題

01 單字

* 請從題目下方選出適當的單字填入 (含動詞變化) *

> 例：今回のパーティーでは、料理は＿＿持ち寄る＿＿ことになっています。

（1）この問題は難しくて、大学生でもなかなか＿＿＿＿＿＿＿＿＿ないだろう。

（2）日本ではラーメンは音を＿＿＿＿＿＿＿＿＿て飲んでもマナー違反にはなりません。

（3）このイベントは無料で参加できますが、食事などは各自＿＿＿＿＿＿＿＿＿てもらいますので、ご了承お願いしたします。

（4）面識がない人と会話を＿＿＿＿＿＿＿＿＿のは難しいです。

（5）ゲストに自慢の料理を＿＿＿＿＿＿＿＿＿てあげました。

（6）皆でワイワイとテーブルを＿＿＿＿＿＿＿＿＿でおしゃべりをするのは楽しいです。

（7）他の人の会話に＿＿＿＿＿＿＿＿＿のは失礼です。

（8）本日のパーティーは主催者側で費用を＿＿＿＿＿＿＿＿＿こととなっています。

持ち寄る ／ 負担する ／ サーブする ／ 立てる ／ 交わす ／ 囲む ／
割り込む ／ 引く ／ 解く

---

2 替換說法

* 請將底線處替換成其他說法 *

> 例：舞台の裏では、次の出し物の準備にかなり　手間がかかっている　ようだ。
> ⇒舞台の裏では、次の出し物の準備にかなり　モタついている　ようだ。

（1）大学時代の友達との久しぶりの集まりに　話が弾んだ　。

　　⇒

（2）最近の若い子は皆ケータイをきれいに　飾り付けて　いる。

　　⇒

（3）3月に行われるパーティーの会場を早めに　抑えて　おく必要がある。

　　⇒

（4）ちょっと時間が押してるので、スピーチは　手短に収めて　ください。

　　⇒

（5）いくら経験しても、　ステージに立つ　時はいつも緊張する。

　　⇒

03 擬聲擬態語

* 請從題目下方選出適當的擬聲擬態語填入 *

> 例：このケーキは＿＿＿＿＿＿して、おいしいです。
>
> ⇒このケーキ＿ふわふわ＿して、おいしいです。

(1) このレタスは＿＿＿＿＿＿して、とても新鮮です。

(2) 北海道のいもは、＿＿＿＿＿＿して、最高です。

(3) ＿＿＿＿＿＿のエビを、どうぞご堪能ください。

(4) 納豆の味は好きですが、＿＿＿＿＿＿しているのが、好きではありません。

(5) このお菓子は、外が＿＿＿＿＿＿、中はしっとりして、おいしいです。

プリプリ ／ ほくほく ／ ネバネバ ／ クササク ／ シャキシャキ ／

ふわふわ ／ パサパサ

---

04 情境問答

Q1. 誘いを断った後、どう言って次につなげますか。

A：_____

Q2：パーティーで初対面の人に何と話しかけますか。

A：_____

Q3：持ち寄りした手作り料理をほめてください。[自由に答えてください]

A：_____

Q4：どう言って会話をしている人と自然に話を終わらせようとしますか。
[自由に答えてください]

A：_____

チェック ③ 情境會話

パーティー
派對

● 登場人物：●芳蘭／友人Ａ／學長／日向／老師／田中
● 故事情節：芳蘭參加了在老師家所舉辦的章魚燒派對。因為參加者要攜帶章魚燒以外的食物及飲料前往，所以芳蘭做了大學芋帶過去。在派對上，芳蘭跟大家又玩遊戲又聊天的，不亦樂乎。派對結束後過幾天，芳蘭又參加了學長朋友所主辦的立食派對。派對上不認識的生面孔很多，芳蘭學到了與初次見面的人攀談的方式。

會話 1　先生宅でタコパ／老師家的章魚燒轟趴

芳　蘭：初めまして、台湾からの留学生、芳蘭です。今日は素敵な集まりですね。

友達Ａ：へえ、留学生なんだ。俺、あきら。芳蘭さん、かわいいね。

先　輩：芳蘭さん、ごめんね。こいつ見かけは悪そうだけど、いい奴なんだ、仲良くしてやって。

日　向：皆、何話してるの？このタコ焼きいけるよ。外はカリカリ、中はトロトロ。さすが、先生、大阪出身だけあって、うまいよ。

芳　蘭：わあ、本当だ。本場大阪のタコ焼きが家で食べられるなんて、幸せ！

先　生：芳蘭さんが持ってきてくれた大学芋も外はカリッとして、中はホクホク、箸が止まりませんよ。

先　輩：さあ、皆さん、一旦、食べるのはおいといて、ゲームの時間ですよ。これから人狼ゲームをします。

芳　蘭：それ、知ってる！台湾でも流行ってる。

先生：人狼ゲーム？何だいそれ、ルールの説明してくれよ。

（お開きの時間）

芳蘭：今日はタコパ、とっても楽しかったです。また誘ってくださいね。

先輩：もちろん、じゃ、次は日向んちで、クリパだな。

日向：了解、お任せください！

中譯

芳　蘭：初次見面，我叫芳蘭，是來自台灣的留學生。今天真是個很棒的聚會呢。

友人Ａ：喔喔，是留學生啊。我叫あきら。芳蘭小姐真可愛呀。

學　長：芳蘭，真是抱歉，這傢伙看起來有點壞的樣子，其實他人很好。當個朋友好好相處吧！

日　向：欸，你們在聊什麼呀？這個章魚燒很 OK 耶。外皮酥脆，內餡濃稠。真不愧是大阪出身的老師才做得出啊，有夠好吃的。

芳　蘭：哇！真的耶。在家也能吃到正宗的大阪章魚燒，真是有夠幸福的。

老　師：芳蘭帶來的大學芋，外皮硬又脆，裡面熱呼呼又鬆軟，讓我一口接一口停不下來啊。

學　長：各位，請暫時放下碗筷，現在開始是遊戲時間囉！接下來我們來玩人狼遊戲。

芳　蘭：這我知道！在台灣也很流行。

老　師：人狼遊戲？是什麼呀？請說明一下遊戲規則。

（派對結束）

芳　蘭：今天的章魚燒派對，真是快樂無比。下次再找我喔～！

學　長：當然，那麼，下次就到日向家開聖誕節派對啦！

日　向：沒問題，交給我吧！

芳蘭：（小声で独り言）立食パーティーって、緊張する。面識ない人と話すのって、コミ障の私にはハードルが高すぎる。

田中：素敵なお洋服ですね。初めまして、田中と申します。

芳蘭：あっ、ありがとうございます。芳蘭と申します。これ、実は、レンタルドレスなんです。

田中：あら、私もですよ。パーティー用に高いドレスを買っても、着る機会が少ないから、いつもレンタルばかりなんです。

芳蘭：田中さんはよくパーティーとかって参加されるんですか。

田中：最近は誘われることが多いから、よく参加するかな。でも、普段なかなかお話しできない人と話せる場って、楽しいわよ。

先輩：皆さん、お酒、飲んでますか。もうすぐ、余興です。今日は、僕も面白いネタを披露する予定ですから、楽しみにしててくださいね。

（2時間後）

司会：宴もたけなわですが、そろそろお時間ですので、これを以ってお開きさせていただきます。皆さま、本日はどうもありがとうございました。では、三本締めで締めさせていただきたいと思います。

芳蘭：田中さん、今日は気さくに話しかけていただいてありがとうございました。

田中：いいえ、またいつかお会いできるといいですね。

中譯

芳蘭：（內心 OS）立食派對真教人緊張啊。跟不認識的人說話，對於有溝通障礙的
　　　我而言真是難度太高了。

田中：好漂亮的洋裝耶。初次見面，我叫田中。

芳蘭：啊，謝謝。我叫芳蘭。這件其實是用租的。

田中：哈哈，我的也是喔。就算買了派對專用的高價洋裝，穿的機會也很少，所以我
　　　總是用租的。

芳蘭：田中小姐常參加派對這類的活動嗎？

田中：最近常被邀請，所以算常參加吧。在這種場合，能夠跟平常無法說到話的人聊
　　　一聊，也是蠻令人高興的。

學長：各位，有盡情喝酒了嗎？馬上就是餘興節目了。今天，我打算向各位獻上新梗，
　　　敬請期待呦！

（2 小時後）

司儀：雖然各位正是最嗨的時候，但可惜也差不多是結束的時間了。就讓我們到此告
　　　一段落吧。今天真是謝謝各位了。那麼，就讓我們以「三本締め」的拍手一起
　　　畫下完美的句點。

芳蘭：田中小姐，承蒙您今天熱情爽快地與我攀談，真的非常感謝。

田中：別這麼說，希望下次還有與您相遇的機會。

チエック ④ 模擬會話練習

示範會話 パーティーの誘い／派對邀請

日向：芳蘭さん、来週って時間ある？サークルのパーティーがあるんだけど、良かったら、一緒にどう？

芳蘭：サークルの？うーん、どうしようかな。

日向：来週、何か予定でも入ってるの？

芳蘭：別に予定はないんだけど、日向君以外で知ってる人いないから……。

日向：そんなこと心配しなくても大丈夫だって。皆フレンドリーで、面白い奴ばっかだし、それに、向こうは皆、芳蘭さんに会いたがってるよ。

芳蘭：そうなの！

日向：せっかくの友達を増やすいいきっかけになるしさ、どう？来てみない？

芳蘭：それはそうだけど、えー、どうしようかな。私人見知りだから……。

日向：でも、友達欲しいって言ってたじゃん。勇気出して、行動に移さなきゃ。

芳蘭：それもそうね。じゃ、行ってみようかな。

日向：芳蘭，下週有時間嗎？我們社團有舉辦派對，妳要是 OK 的話，要不要一起來呀？。

芳蘭：社團的派對？嗯……我想想該怎麼辦喔～

日向：妳下週已經有安排了嗎？

芳蘭：是沒有安排什麼啦，只是去的話我只認識日向你而已呀，所以……。

日向：那沒什麼好擔心的啦！大家都很友善，也都很有趣。而且呀，大家都想認識妳喔。

芳蘭：真的嗎！

日向：這是個難得可以認識新朋友的好機會耶，怎麼樣？不來看看嗎？

芳蘭：你這樣說是沒錯啦，可是，怎麼辦好呢。我蠻怕生的……。

日向：不過，妳之前不是說過想認識新朋友嗎？要鼓起勇氣，把念頭轉化為行動才行！

芳蘭：也是啦。那我就去看看吧！

パーティーの誘い（さそ）／派對邀請

Step 1

日向（ひなた）：週末（しゅうまつ）の鍋（なべ）パーティーに芳蘭（ほうらん）さんを誘（さそ）う。

（邀請芳蘭參加週末的火鍋派對。）

芳蘭（ほうらん）：ためらう。

（躊躇不決。）

NOTE

_____

_____

_____

Step 2

日向（ひなた）：ためらう理由（りゆう）を尋（たず）ねる。

（詢問對方躊躇的理由。）

芳蘭（ほうらん）：次（つぎ）の日（ひ）は家族（かぞく）と鍋（なべ）を食（た）べに行（い）く予定（よてい）が入（はい）っていると説明（せつめい）する。

（說明隔天已經預定要和家人吃火鍋。）

NOTE

_____

_____

_____

日向：食べる物は同じかもしれないが、パーティーは何を食べる
かがポイントじゃないからと説得する。

(吃的東西或許一樣，但派對的重點不是吃什麼。以這樣的論點
說服對方。)

芳蘭：まだ迷いを見せる。

(仍然猶豫不決。)

NOTE

_____

_____

_____

日向：家族と鍋を食べる時間もいいけど、友達と楽しく鍋を囲ん
で過ごす時間も友情を育むことができていいと押す。

(雖然這季節和家人吃鍋也不錯，但是與朋友快樂地圍著火鍋大
快朵頤，這樣美好的時光更可以培養友情。以此論點強力邀約。)

芳蘭：日向の説得に応じる。

(答應日向的邀約。)

NOTE

_____

_____

_____

「嗯～如果可以的話會去哦」，
到底是能不能去！？

本間岐理／撰　游翔皓／譯

當朋友對我們說「下週有個派對，要一起去嗎？」之類的邀約時，各位也會以「行けたら行くね」（可以去的話就去）來回答吧？聽到我們這樣回答時，對方可能會有種莫名的期待感油然而生。但說「可以去的話就去」的人，心理究竟是怎麼想的呢？

若分析「行けたら行くね」這句回答背後的心理意涵，大致有可能是：

1. 真的是還無法確定能不能去。雖然想去，但不可抗力因素而無法去的可能性也是有。
2. 只是一種社交辭令。因為不好明白地拒絕對方，所以用拐彎抹角的方式將真意傳達。

這樣拐彎抹角的說話方式，在關西與關東，似乎存在巨大差異。根據某問卷調查，關西人在「其實不想去」時會這麼說。如此表達的人之中，「幾乎不會去的人」居然佔了九成。與此相對，關東人則認為抱持著「基本上會抽空前往」這樣正面的想法的話，也會用這句話，所以「幾乎不會去的人」只佔約兩成、「幾乎會去的人」則高達八成！也就是說，這句話所表示的意思，在關西與關東正好相反。

一般認為，關西人會使用這種曖昧又優柔寡斷的方式回答對方，可能是關西人不喜歡明白地拒絕，以免弄僵了氣氛。此外，關西人更講究體恤的文化。他們的語言哲學中，認為與其傳達正確情報，語言本身更應該是醞釀圓滑的人際關係之溝通工具。

即便是日本這樣的小島國，因地方文化的差異，完全相同的一句日語也能解讀出完全不同的意思。這可真是有趣！

CH.6 就醫與買藥

學習重點

　　本章會提到內容的有：在診所說明病痛或受傷相關症狀、領藥時的服藥說明、敘述過敏等體質、與健康生活習慣相關的話題。進入芳蘭的世界前，先來瞭解相關詞彙與句子，加強自己的語彙力吧！

チエック ① 詞彙與表現

A 單字結合用法

◆感冒／生病／受傷等症狀

名詞	格助詞	動詞&形容詞	中文
かぜ	を	ひく／うつす	得到感冒／傳染感冒
けが／骨折	を	する	受傷／骨折
足首／手首	を	ひねる・捻挫する	腳踝扭傷／手腕扭傷
インフルエンザ	に	かかる	得到流感
筋肉痛／下痢／便秘	に	なる	肌肉痠痛／腹瀉／便祕
寒気／吐き気／めまい／頭痛／腹痛	が	する	畏寒／想吐／目眩／頭痛／肚子痛
熱／アレルギー／倦怠感	が	ある	發燒／過敏／倦怠感
熱／咳／くしゃみ／たん／鼻水／血／アレルギー	が	出る	發燒／咳嗽／打噴嚏／有痰／流鼻水／出血／過敏
鼻	が	詰まる	鼻塞
目	が	かゆい	眼睛癢
頭／喉／お腹／膝／関節	が	痛い	頭痛／喉嚨痛／肚子痛／膝蓋痛／關節痛
喉／手／患部	が	腫れる	喉嚨腫／手腫／患部腫痛
生理痛	が	ひどい	生理痛很嚴重
かぜ／インフルエンザ	が	はやる	感冒／流感　大流行
かぜ／インフルエンザ	が	うつる	傳染　感冒／流感
体	が	だるい	全身無力

◆藥與治療

名詞	格助詞	動詞＆形容詞	中文
<ruby>薬<rt>くすり</rt></ruby>		<ruby>飲<rt>の</rt></ruby>む・<ruby>服用<rt>ふくよう</rt></ruby>する	服用藥物
<ruby>目薬<rt>め ぐすり</rt></ruby>		さす	點眼藥水
かゆみ<ruby>止<rt>ど</rt></ruby>め		<ruby>塗<rt>ぬ</rt></ruby>る	塗止癢藥
<ruby>湿布<rt>しっ ぷ</rt></ruby>		<ruby>貼<rt>は</rt></ruby>る	貼貼布
<ruby>注射<rt>ちゅうしゃ</rt></ruby>／<ruby>点滴<rt>てんてき</rt></ruby>	を	する	注射／打點滴
レントゲン		<ruby>撮<rt>と</rt></ruby>る	照X光
<ruby>患部<rt>かん ぶ</rt></ruby>		<ruby>冷<rt>ひ</rt></ruby>やす／<ruby>温<rt>あたた</rt></ruby>める	冰敷傷處／熱敷傷處
<ruby>筋肉痛<rt>きんにくつう</rt></ruby>の<ruby>薬<rt>くすり</rt></ruby>		スプレーする	噴灑肌肉痠痛的藥
<ruby>薬<rt>くすり</rt></ruby>／<ruby>処方箋<rt>しょほうせん</rt></ruby>		<ruby>出<rt>だ</rt></ruby>す	開藥／開出處方箋
<ruby>食後<rt>しょく ご</rt></ruby>／<ruby>食前<rt>しょくぜん</rt></ruby>	に	<ruby>飲<rt>の</rt></ruby>む	飯前服用／飯後服用

◆預防

名詞	格助詞	動詞＆形容詞	中文
<ruby>手洗<rt>て あら</rt></ruby>い／うがい／マスク	を	する	洗手／漱口／戴口罩
<ruby>睡眠<rt>すいみん</rt></ruby>／<ruby>水分<rt>すいぶん</rt></ruby>／<ruby>栄養<rt>えいよう</rt></ruby>		とる	保持睡眠／攝取水分／攝取營養

B 單字延伸與句子

01 替換說法

詞彙	還能這樣說	中文
倦怠感がある	(体に)力が入らない・体がだるい	渾身無力・身體倦怠
下痢になる	お腹を下す	拉肚子・腹瀉
便秘になる	お通じがない	便祕・無法排便
通院する	病院に通う	進出醫院
医者に診てもらう	病院に行く	去醫院看病・看醫生

02 擬聲擬態語

頭がガンガンする	頭痛欲裂
頭／歯　がズキズキす	頭頭／牙齒一陣陣地抽痛
胃がチクチクする	胃部刺痛
胃がムカムカする	反胃、胃翻滾想吐
背中がゾクゾクする	背脊發冷、打冷顫
皮膚がヒリヒリする	皮膚刺痛

C 情境句型

◆說明自己發病時間點及症狀

▲〜から〜んです▲　從〜開始出現某症狀

「きのうの夜から咳が止まらないんです。」

昨晚開始咳嗽不止。

「おとといから、胃の調子が悪いんです。」

前天開始胃變得不舒服。

◆說明現在的狀況、或過去事件造成的結果

▲〜ています▲

「喉がはれています。」

喉嚨腫痛。

▲〜してしまいました▲

「野菜を切っているときに指を切ってしまいました。」

切菜時切到自己手指。

◆有初期症狀時的說法

▲〜気味なんです▲　好像有點〜

「かぜ気味なんです。」

好像有點感冒。

「下痢気味なんです。」

感覺有點要拉肚子。

チエック ② 練習問題

01 單字

* 請從題目下方選出適當的單字填入 (含動詞變化) *

例：急に寒くなったので、かぜを＿＿ひいて＿＿しまいました。

(1) 吐き気が＿＿＿＿＿＿＿＿て、食欲がありません。

(2) せきと鼻水が＿＿＿＿＿＿＿＿ます。

(3) 花粉症で目がかゆいので、目薬を＿＿＿＿＿＿＿＿ています。

(4) 一日三回、この薬を＿＿＿＿＿＿＿＿でください。

(5) 転んで腕の骨を＿＿＿＿＿＿＿＿てしまいました。

(6) 鼻が＿＿＿＿＿＿＿＿て、食べ物の味がしません。

(7) 歯が＿＿＿＿＿＿＿＿て、何も食べられません。

(8) かぜのときは、十分な睡眠と栄養を＿＿＿＿＿＿＿＿てください。

ひく ／ する ／ 出る ／ 痛い ／ 折る ／ つまる ／ さす ／ 飲む ／ とる

02 替換説法

* 請將底線處替換成其他説法 *

例：今朝から　体がだるいです　。

⇒今朝から　力が入りません　。

（1）今日は大事なテストなのに、　下痢になって　しまったんです。

⇒

（2）ただの風邪じゃないかもしれないから、一度　医者に診てもらった　ほうがいいよ。

⇒

（3）父は今高血圧で、月に一回　通院して　いる。

⇒

（4）最近、便秘なんです。

⇒

03 擬聲擬態語

例：頭が＿＿＿＿＿＿＿＿＿するので、頭痛薬を飲みました。
⇒頭が　ガンガン　するので、頭痛薬を飲みました。

（1）歯が＿＿＿＿＿＿＿＿＿して、何も食べられないので、歯医者に予約を入れました。

（2）きのう食べすぎたせいか、胃が＿＿＿＿＿＿＿＿＿して吐き気がします。

（3）背中が＿＿＿＿＿＿＿＿＿する。かぜかな？

（4）やけどをしたところが＿＿＿＿＿＿＿＿＿するので、ぬり薬をぬりました。

（5）緊張のせいか、胃が＿＿＿＿＿＿＿＿＿する。早く試験が終わってほしい。

| ガンガン ／ ズキズキ ／ チクチク ／ ムカムカ ／ ゾクゾク ／ ヒリヒリ |

04 情境問答

Q1.今朝から、熱が38度あります。それから、倦怠感もあります。お医者さんに何と言いますか。

A：＿＿＿＿＿＿＿から、＿＿＿＿＿＿＿＿＿＿＿＿＿んです。

Q2.朝、昼、晩に、ごはんを食べてから１つ薬を飲む場合、何と説明しますか。

A：＿＿＿＿＿＿＿＿＿＿＿＿＿＿＿＿＿＿＿＿＿ください。

Q3.薬や食べ物のアレルギーがありますか。[自由に答えてください]

A：＿＿＿＿＿＿＿＿＿＿＿＿＿＿＿＿＿＿＿＿＿＿＿

Q4.健康のために気をつけていることがありますか。[自由に答えてください]

A：＿＿＿＿＿＿＿＿＿＿＿＿＿＿＿＿＿＿＿＿＿＿＿

チェック ③ 情境會話

病院で 在醫院	● 登場人物：芳蘭／醫生／藥劑師 ● 故事情節：由於芳蘭得了感冒，所以到醫院就診。她說明自己的症狀，聽 　　取醫生的診斷，並向醫生詢問。就診之後，她到藥局領藥。

會話 1　お医者さんに診てもらう／看醫生

（クリニックの待合室で）

受付：陳さん、どうぞお入りください。

芳蘭：はい。

医師：どうしましたか。

芳蘭：きのうの夜から、鼻水がとまらなくて、体もだるいです。

医師：熱を測ってみましょう。咳は出ますか。

芳蘭：いいえ、咳は出ません。

医師：口を開けてください。喉もちょっとはれていますね。熱は 38 度 5 分ですね。

　　　インフルエンザの予防接種は受けましたか。

芳蘭：いいえ。

医師：では、念のためにインフルエンザの検査をしましょう。

（20分後）

医師：検査の結果、インフルエンザではありませんでした。かぜですね。薬を出しますので、薬局でもらってください。薬のアレルギーはありませんか。

芳蘭：はい、ありません。ただ、薬を飲むと胃が痛くなることがあります。

医師：では、胃薬も出しておきますね。お大事に。

芳蘭：ありがとうございました。

中譯

櫃台：陳小姐，請進。

芳蘭：好的。

医師：怎麼了呢？

芳蘭：昨晚開始，鼻水就流個不停，並感到全身無力。

医師：我們來量個體溫看有沒有發燒吧。有咳嗽嗎？

芳蘭：沒有耶。

医師：請張開嘴吧喔。喉嚨有點腫，體溫是 38.5 度。妳有打過流感疫苗嗎？

芳蘭：沒有。

医師：那這樣為求慎重，我們還是來進行一下流感的篩檢吧。

（20分後）

医師：報告檢查結果不是流感，只是單純的感冒。我這裡會開藥，請妳去藥局領藥。有沒有對什麼藥過敏呢？

芳蘭：沒有。不過，有時吃了藥胃會痛。

医師：那這樣我也開些胃藥吧。多多保重喔。

芳蘭：謝謝您！

會話 2 薬の飲み方／用藥方式

（薬局で）

芳　蘭：これ、処方箋です。

薬剤師：そこに入れてください。今、ちょっと混んでいますので、お名前をお呼びする

　　　　まで、そちらでお待ちください。

芳　蘭：わかりました。

薬剤師：陳さん、どうぞ。

芳　蘭：はい。

薬剤師：お薬の説明をしますね。かぜと胃の薬が処方されています。一日三回食後に水

　　　　かお湯で飲んでください。三日分入っています。それからもう一つ、解熱剤も

　　　　処方されています。熱があるときは、この青い薬も飲んでください。熱が下がっ

　　　　たら、飲まなくてもいいですよ。

芳　蘭：はい、こっちの薬が一日三回、青いのは熱があるときだけ飲めばいいんですね。

　　　　あのう、熱があるときって、何度以上のときですか。

薬剤師：38 度以上のときですね。

芳　蘭：はい、わかりました。

薬剤師：それから、これはうがい薬です。

芳　蘭：ありがとうございます。

薬剤師：お大事に。

（在藥局）

芳　蘭：這是我的處方簽。

藥劑師：請放進那裏。因為現在人有點多，在叫到您的大名之前請在那裏稍待一會兒。

芳　蘭：好的。

藥劑師：陳小姐，好囉。

芳　蘭：來了。

藥劑師：我來說明一下您的藥。這次開了感冒藥及胃藥。一天三次飯後吃，搭配冷水或熱開水。共開三天的份。另外還開了一個是退燒的藥。發燒時，請服用這個藍色藥丸。燒退了之後，就不用再吃了。

芳　蘭：了解。這些藥是一天三次。藍色藥丸是發燒時才吃的。對了，所謂的發燒，是要幾度以上才算呢？

藥劑師：38 度以上就算是喔。

芳　蘭：好的，我了解了。

藥劑師：還有，這是用來漱口的藥水。

芳　蘭：謝謝。

藥劑師：請多保重。

チエック ④ 模擬會話練習

示範會話 薬局での買い物／在藥局購物

日向：あれ、芳蘭さん、どこ行くの？

芳蘭：日向くん！さっき、料理してたら、包丁で指を切っちゃって。薬局に絆創膏を

買いに行くとこ。

日向：よかったら、車で送ろうか。大きくていい薬局があるんだ。

芳蘭：ホント？連れていってくれるの？ありがとう。

（薬局で）

芳蘭：すみません、絆創膏はどこですか。

店員：入口に一番近い棚にございます。

芳蘭：どうも。貼るタイプと、塗るタイプがあるのか。どっちがいいかよくわかんない

なあ……。

日向：それくらいの小さな傷なら、どっちでも大丈夫だよ。塗るタイプは水にも強いし、

貼り替えなくていいから、便利だよ。

芳蘭：傷が深い場合は塗るタイプは使わないほうがいいの？

日向：塗るときに痛いんだよ。小さい傷なら、あまり痛まないよ。

芳蘭：痛いのはちょっと嫌だな。やっぱり貼るタイプのにするよ。はがれにくいって

書いてあるこれにする。

（レジで）

店員：550円ですね。ポイントカードはお持ちですか。

芳蘭：いいえ、持っていません。これでお願いします。

店員：1000円お預かりいたします。450円のお返しでございます。お大事に。

中譯

日向：咦？芳蘭，妳要去那兒？

芳蘭：哎呀！剛剛我在做飯，結果菜刀切到手指了。現在正要藥局買OK繃。

日向：不然我開車載妳去吧。我知道一間不錯的大型藥局。

芳蘭：真的嗎？要帶我去嗎？謝謝你！

（在藥局）

芳蘭：不好意思，請問OK繃放在那兒呢？

店員：在距離入口最近的架上。

芳蘭：好的。有用貼的及用塗的耶，哪種比較好人家不知道耶⋯⋯。

日向：妳這種小傷的話，哪一種都行吧。用塗的可以防水，而且不需要更換，很方便。

芳蘭：若是傷口比較深的話，是不是不要選用塗的比較好呢？

日向：塗的話會有點痛喔。不過小傷的話，就不怎麼痛啦。

芳蘭：會痛的話我不要。還是選貼的吧！這款有標明不易脫落，就選這款。

（在收銀台）

店員：550日圓。請問有集點卡嗎。

芳蘭：沒有耶。不好意思，麻煩您收現金。

店員：收您1000日圓。找您450日圓。請多保重。

薬局<ruby>(やっきょく)</ruby>での買<ruby>(か)</ruby>い物<ruby>(もの)</ruby>／在藥局購物

Step 1

芳蘭<ruby>(ほうらん)</ruby>：転<ruby>(ころ)</ruby>んでひざを打<ruby>(う)</ruby>ったので、湿布薬<ruby>(しっぷやく)</ruby>を買<ruby>(か)</ruby>いにきた。湿布薬<ruby>(しっぷやく)</ruby>の場所<ruby>(ばしょ)</ruby>を店員<ruby>(てんいん)</ruby>に聞<ruby>(き)</ruby>く。

（因為跌倒傷到膝蓋，所以來買貼布。向藥師詢問貼布放哪裡。）

店員<ruby>(てんいん)</ruby>：湿布薬<ruby>(しっぷやく)</ruby>の場所<ruby>(ばしょ)</ruby>を伝<ruby>(つた)</ruby>える。

（告知貼布放在哪裡。）

NOTE

_____

_____

_____

Step 2

芳蘭<ruby>(ほうらん)</ruby>：湿布薬<ruby>(しっぷやく)</ruby>の棚<ruby>(たな)</ruby>に来<ruby>(き)</ruby>たが、冷<ruby>(ひ)</ruby>やすタイプがいいのか、温<ruby>(あた)</ruby>めるタイプがいいのかわからないので、店員<ruby>(てんいん)</ruby>に尋<ruby>(たず)</ruby>ねる。

（來到放貼布的櫃架。有冷敷型及熱敷型。不知道哪種比較好，所以詢問店員）

店員<ruby>(てんいん)</ruby>：まだ、はれているので、冷<ruby>(ひ)</ruby>やすタイプをすすめる。

（因為還腫得厲害，所以推薦冷敷型。）

NOTE

_____

_____

_____

Step 3

芳蘭：湿布薬を選ぶ。

（選擇貼布。）

店員：ポイントカードがあるかどうか尋ねて、会計をする。

（詢問有無集點卡，然後結帳。）

芳蘭：ポイントカードを見せて会計をする。

（出示集點卡然後結帳。）

NOTE

_____

_____

_____

別嚇跑日本朋友，
請保持日式「安全社交距離」

今泉江利子／撰　游翔皓／譯

比較一下日本與台灣，關於人與人之間的距離，會覺得在台灣人與人之間的距離近得多。以前我在郵局排隊辦事時，曾被人插隊。可能是因為對那個人而言，我與前一位的距離拉得太長，才讓他誤會吧。另外，我也十分訝異一件事，就是台灣人在車站等地，即便與其他人相碰撞，也完全覺得沒什麼。要是在日本，撞到別人卻只是淡淡地說聲對不起，可是會被對方瞪的。但台灣人似乎覺得人潮擁擠時相互碰撞也是理所當然，不覺得有什麼好生氣。

一般都認為日本人要求更寬廣的個人空間。推測其中一個原因，很可能是由於日本有鞠躬文化，所以當鞠躬時不會撞到對方的這種距離，才是令日本人感到放心且舒適的距離吧。

人與人之間應保持的距離，依文化會有不同的要求。毫無距離，雖然表現了彼此間的親密，但也可能給對方造成失禮的感覺、或製造壓迫感。相反地，保持距離雖然可以表現出對對方的尊重，但在以前的時代，距離也曾經是階級差異的表徵。可以說，不論人與人之間的距離進或遠，皆有優缺點。

當我在寫這篇專欄時，正值新冠病毒肆虐，「ソーシャル・ディスタンシング」（保持防疫安全距離）成為當紅的語彙。無關於文化差異，各國皆要求人與人之間保持1.5公尺到2公尺的距離。不過，當疫情結束後，各地的人與人之距離，還是會依其文化認知回復到原本的長度吧！

CH.7 職場工作或打工

　　本章會提到內容的有：找工作與打工面試、辦公室或職場相關用語、前輩指導新進員工時的對話。進入芳蘭的世界前，先來瞭解相關詞彙與句子，加強自己的語彙力吧！

チェック ① 詞彙與表現

A 單字結合用法

◆ 就業、離職、上下班、待遇、升遷

名詞	格助詞	動詞&形容詞	中文
仕事／アルバイト／ 休日出勤／転職／退職	を	する	工作／打工／ 假日加班／換工作／離職
仕事／アルバイト	を	探す	找工作／找打工
仕事／アルバイト	を	サボる・怠ける	翹班／打工翹班
仕事／アルバイト	が	見つかる	找到工作／找到打工
給料／ボーナス	が	出る	發薪／發獎金
給料や時給	が	上がる／下がる	工資或時薪　漲／降
会社／レストラン／銀行	に	勤める	任職於 公司／餐廳／銀行
正社員／管理職／ 店長／課長／部長／社長	に	なる	成為 正式員工／管理職／ 店長／課長／部長／社長

◆ 辦公室作業

名詞	格助詞	動詞＆形容詞	中文
メール／電話	を	する	寫郵件／打電話
会議・ミーティング／打ち合わせ／テレワーク		する	進行會議／事前磋商／遠端勤務
仕事		指示する	對工作進行指示
仕事／レポート／議事録		仕上げる・完成させる	完成工作／報告／會議紀錄
会議		欠席する	缺席會議
会社		訪問する・訪れる	拜訪公司
電話		取り次ぐ／かけ直す／折り返す	轉接電話／重撥電話／回撥電話
アポイントメント／メモ		取る	約見面／作筆記
商品		組み立てる／製造す／作り直す	組合商品／製造商品／重作商品
間違い		修正する	修正錯誤
商品／サンプル／メール／見積書／請求書		送る	送出商品／樣品／郵件／報價單／帳單
商品／サンプル／メール／見積書／請求書		受け取る	受領商品／樣品／郵件／報價單／帳單
お客様		案内する	引導客人
操作方法／内容		説明する	說明操作方法／內容

名詞	格助詞	動詞＆形容詞	中文
商品／サンプル／メール／ 見積書／請求書	が	届く	商品／樣品／郵件／ 報價單／帳單　送達
出張／会社	に	行く	出差／進公司
会社		伺う	拜訪公司
パソコン		入力する	輸入電腦
会議		出る・出席する	出席會議

◆ 人際關係

名詞	格助詞	動詞＆形容詞	中文
部下や後輩	を	褒める／叱る／育てる	褒揚／斥責／培育 部下或學弟妹
上司や先輩や同僚	に	相談する／報告する／ 連絡する	與上司或學長姐或同事 討論／報告／聯絡
同僚	と	協力する／助け合う	與同事　合作／互助

B 單字延伸與句子

01 替換說法

詞彙	還能這樣說	中文
銀行で働く	銀行に勤める	在銀行工作
コピーをする	コピーをとる	影印
電話をかける	電話をする	打電話
電話を受ける	電話に出る	接電話
席にいない	席を外している	不在座位
意見を言う	意見を述べる	闡述意見

02 擬聲擬態語

忙^{いそが}しくてバタバタしている	忙得手忙腳亂
締切^{しめきり}にギリギリ間^まに合^あう	差一點就趕不上截止期限
バリバリ働^{はたら}く	幹勁十足，努力工作
日本語^{にほんご}でスラスラ説明^{せつめい}する	用日語流暢地說明
日本語^{にほんご}がペラペラだ	日語流利，表達順暢
のびのび仕事^{しごと}できる職場^{しょくば}	可以自由自在工作的職場

C 情境句型

◆說明自己工作性質時

▲～関係^{かんけい}の仕事^{しごと}をしています▲　我從事～相關工作

「食品関係^{しょくひんかんけい}の仕事^{しごと}をしています。」

我從事食品業的相關工作

「ＩＴ関係^{かんけい}の仕事^{しごと}をしています。」

我從事資訊科技業的相關工作

◆向對方進行指示時

▲～ように／～ないように▲　請做好～／請勿～

上司^{じょうし}：「今週中^{こんしゅうちゅう}にアンケートをまとめておくように。」

　　　請在這週內將問卷調查整理好。

部下^{ぶか}：「はい、かしこまりました。」

　　　好的。我明白了。

上司（じょうし）：「データの入力（にゅうりょく）、間違（まちが）えないようにね。」

輸入資料時，小心別弄錯了喔。

部下（ぶか）：「はい、注意（ちゅうい）します。」

好的，我會注意。

◆向對方確認指示內容時

◣～ということですね◢　您是說要～對嗎？（確認意旨）

上司（じょうし）：「3ページ目（め）の商品（しょうひん）の写真（しゃしん）はこっちのほうがいいですね。」

第3頁的商品照片用這張比較好吧。

部下（ぶか）：「写真（しゃしん）をこちらに差（さ）し替（か）えるということですね。」

您的意思是要把照片換成這張嗎？

◣～とおっしゃいますと◢　您的意思是指？（詢問細節）

上司（じょうし）：「明日（あした）はいつもより早（はや）めに来（き）てくれるかな。」

明天你能比平常更早些來到公司吧？

部下（ぶか）：「はい。早（はや）めにとおっしゃいますと。」

好的。您說的更早些是指…？

上司（じょうし）：「30分早（ぷんはや）めに来（き）てください。」

請提早30分到。

部下（ぶか）：「では、8時（じ）に参（まい）ります。」

那麼，我8點到。

チエック ② 練習問題

01 單字

* 請從題目下方選出適當的單字填入 (含動詞變化) *

例：パソコンにデータを＿＿入力して＿＿ください。

(1) 明日の会議を＿＿＿＿＿＿＿＿と、木下さんに伝えてください。

(2) 本日、注文した商品が＿＿＿＿＿＿＿＿ました。

(3) お客様を会議室に、ご＿＿＿＿＿＿＿＿いたします。

(4) 仕事を＿＿＿＿＿＿＿＿ていたら、先輩に見つかってしまいました。

(5) 間違えたところをすぐに＿＿＿＿＿＿＿＿ました。

(6) 契約を取ってきた部下を＿＿＿＿＿＿＿＿ました。

(7) ４月１日から課長に＿＿＿＿＿＿＿＿ので、今より忙しくなりそうです。

(8) 給料が＿＿＿＿＿＿＿＿て、すごくうれしい。

入力する ／ 届く ／ さぼる ／ ほめる ／ 案内する ／ なる ／ 上がる ／
修正する ／ 欠席する

---

02 替換說法

* 請將底線處替換成其他說法 *

例：初めてお客様に　電話をした　ときは、緊張しました。

⇒初めてお客様に　電話をかけた　ときは、緊張しました。

（1）会議の資料ですが、人数分、　コピーして　おいてください。

　　⇒

（2）田島さんなら、　席にはいません　よ。

　　⇒

（3）会議では、積極的に　意見を言って　もらいたいです。

　　⇒

（4）兄は日本の商社　で働いて　います。

　　⇒

03 擬聲擬態語

例：人間関係のいい、＿＿＿＿＿＿＿働ける会社に入りたいです。
⇒人間関係のいい、　のびのび　働ける会社に入りたいです。

（1）何度も練習したので、お客様の前でも＿＿＿＿＿＿＿話せました。

（2）先輩は日本語が＿＿＿＿＿＿＿なので、よく通訳を任されます。

（3）提出期限＿＿＿＿＿＿＿で、なんとか報告書が仕上がりました。

（4）＿＿＿＿＿＿＿働くのも、休むのも、仕事を続けていく上でどちらも大切です。

（5）後輩がミスをしてしまい、きょうは一日＿＿＿＿＿＿＿していた。
ああ、疲れた。

バタバタ ／ ギリギリ ／ バリバリ ／ スラスラ ／ ペラペラ ／ のびのび

04 情境問答

Q1. お仕事は？[自由に答えてください]

A：_____関係の仕事をしています。

Q2. 会議に遅刻してきた後輩を注意したいとき、何と言いますか。

後輩：遅れてすみません。

先輩：今度から、_____。

Q3. 以下の会話で具体的な枚数を聞きたい場合、何と言いますか。

先輩：コピーを多めにとってくれる？

後輩：_____。

Q4. 台湾と日本の職場文化の違いについて教えてください。[自由に答えてください]

A：_____

チエック ③ 情境會話

**アルバイト
打工**

● 登場人物：芳蘭、店長
● 故事情節：芳蘭因為不想徒增父母親經濟上的負擔，而且自己對料理也有興趣，所以決定到餐廳打工。面試時她回答店長的問題，敘述自己的期望。並在打工的第一天，學習工作上所需的必要事項。

會話 1　アルバイト面接（めんせつ）／打工面試

（レストランで）

芳蘭（ほうらん）：陳と申（もう）します。本日（ほんじつ）はよろしくお願（ねが）いいたします。

店長（てんちょう）：どうぞ、お掛（か）けください。

芳蘭（ほうらん）：失礼（しつれい）します。

店長（てんちょう）：陳（ちん）さんは学生（がくせい）さんですね。日本語（にほんご）は大丈夫（だいじょうぶ）ですか。

芳蘭（ほうらん）：はい、台湾（たいわん）でも勉強（べんきょう）しておりましたし、今（いま）、日本語学校（にほんごがっこう）で勉強（べんきょう）しておりますので、だいたいわかると思（おも）います。

店長（てんちょう）：じゃ、ホールの仕事（しごと）も問題（もんだい）ありませんね。

芳蘭（ほうらん）：すみません、料理（りょうり）に興味（きょうみ）があるので、できればキッチンの仕事（しごと）をしたいと思（おも）っているのですが。

店長（てんちょう）：そうですか。わかりました。何曜日（なんようび）に来（こ）られますか。

芳蘭（ほうらん）：午前中（ごぜんちゅう）は授業（じゅぎょう）がありますが、午後（ごご）なら何曜日（なんようび）でも大丈夫（だいじょうぶ）です。ただ、留学生（りゅうがくせい）なので、週（しゅう）に 28 時間（じかん）までしかアルバイトできないんですが。

店長：安心してください。時間内でシフトをお願いしますので。では、水曜から土曜の

4時から9時までということで、来週から入ってもらえますか。

芳蘭：はい、わかりました。よろしくお願いいたします。

中譯

（在餐廳）

芳蘭：我姓陳。今天請多多指教。

店長：請坐。

芳蘭：謝謝。不好意思。

店長：陳小姐妳是學生吧。日語還行吧？

芳蘭：是的，在台灣時有先學過，現在也在日語學校學習中，所以我想應該沒問題。

店長：那麼，做外場的工作也沒問題囉？

芳蘭：不好意思，因為我對料理有興趣，可以的話希望能做廚房的工作。

店長：這樣啊～好。禮拜幾妳能上工呢？

芳蘭：早上都有課，下午的話不論週幾都沒問題。不過，因為我是留學生，一週內只
能打 28 小時的工。

店長：請放心！我會讓你們在打工時數內排班的。那麼，週三到週六的 4 點到 9 點
的班，下週開始來工作，這樣可以嗎？

芳蘭：好的，沒問題！請多多指教！

アルバイト初日／打工第一天

（レストランで）

芳蘭：店長、きょうからお世話になります。よろしくお願いいたします。

店長：はい。陳さん、さっそくだけど、アルバイトは４時からだけど、もう少し早めに来るようにしてください。

芳蘭：すみませんでした。あのう、早めにとおっしゃいますと？

店長：できれば、10分前に来てください。もちろん、その時間も時給として計算しますからね。

芳蘭：はい、今後、気をつけます。

店長：お願いしますね。では、手洗いをやってみましょう。こんなふうに、まず、水で汚れを落としてから、せっけんで洗ってください。ひじまで洗うようにね。飲食業は衛生管理が第一ですから。

芳蘭：はい、わかりました。

店長：きょうは揚げ物を担当してください。先輩の広田さんが教えてくれますから。やけどしないように気をつけてね。

芳蘭：はい、初日から料理させてもらえるなんて、うれしいです。最初は皿洗いだと思っていたので。

店長：面接のとき、料理に興味があるって言ってたでしょ。わからないことがあったら、何でも広田さんに聞くように。

芳蘭：はい。

（在餐廳）

芳蘭：店長，從今天開始受您照顧了。請多多指教！

店長：好的。小陳，那我就廢話不多說了，打工雖然是 4 點開始，但今後請早一點到。

芳蘭：抱歉。呃，所謂早一點是說……？

店長：可以的話，請妳提早 10 分鐘到。當然，提早的這些時間我會算入工資裡。

芳蘭：是，以後我會注意的。

店長：麻煩妳注意囉。好，那就從洗手開始試試吧。就像這樣子，先用水將髒污沖洗掉，再用肥皂清洗。要洗到手肘為止。餐飲業首重衛生管理。

芳蘭：好的。我知道了。

店長：今天請妳負責炸物。妳的學長廣田會教妳，注意別燙傷囉。

芳蘭：好的。上工第一天就讓我開始做菜耶，真開心！因為我原本以為一開始會從洗盤子開始。

店長：因為妳在面試時說妳對料理有興趣嘛。要是有什麼不懂的，都儘量去問廣田喔。

芳蘭：了解！

チエック ④ 模擬會話練習

示範會話 アルバイト－指示と確認－／打工：指示與確認

日向：芳蘭さん、アルバイトはどう？慣れてきた？

芳蘭：うん、最初はバタバタして疲れたけどね。最近は迷惑かけずに仕事ができるよう

　　　になってきたよ。店長も先輩たちも親切に仕事を教えてくれるし、日本語の練習に

　　　もなるんだ。

日向：よかったね。今晩、友達といっしょに食べに行くよ。

芳蘭：本当？コロッケがおいしいから、絶対注文してね。

（レストランで）

芳蘭：店長、今晩、友達が食べにくるそうなんです。

店長：そうなんだ。友達が来たら教えて。ドリンク、サービスするから。

＊＊＊・＊＊＊

芳蘭：広田さん、きょうもよろしくお願いします。

広田：はい。陳さん、エビフライをお皿に盛りつけてね。それから、コロッケも揚げて

　　　ください。一度に入れすぎないようにね。

芳蘭：はい。入れすぎないようにとおっしゃいますと。

広田：1度に入れるのは、5つぐらいで。

芳蘭：1度に5つまでですね。はい、わかりました。あっ、友達が来てくれた。

広田：店長、陳さんのお友達がお越しみたいですよ。

日向：芳蘭，打工怎樣啊？習慣了嗎？

芳蘭：是啊，剛開始是忙得一蹋糊塗結果累得要死。不過最近就沒給人家添亂了。店
　　　長與前輩們也都親切地指導我，還有練到日語。

日向：不錯嘛！今晚，我跟朋友會去妳們那裏吃喔。

芳蘭：真的嗎？我們家可樂餅很棒，一定要點喔！

（在餐廳）

芳蘭：店長，今晚，聽說我朋友會來用餐的樣子耶～

店員：這樣啊！朋友來了後跟我說一聲。我招待他們飲料。

＊＊＊・＊＊＊

芳蘭：廣田前輩，今天也請多多關照。

廣田：好的。小陳，請將炸蝦擺盤，然後請炸可樂餅。不要一次下鍋太多。

芳蘭：好的。您說不要一次下鍋太多，是指……？

廣田：下鍋時一次 5 個左右就好。

芳蘭：一次不要超過 5 個是嗎。好的，沒問題。啊，我朋友來了！

廣田：店長，小陳的朋友好像來了哦！

アルバイト－指示と確認－／打工：指示與確認

Step 1

日向：芳蘭さんに、アルバイトについて聞く。

（詢問芳蘭關於打工的點滴）

芳蘭：毎日、仕事が忙しくて大変だが、日本の職場文化が学べるから楽しいと答える。

（回答說每天工作忙得不可開交，不過可以學到日本的職場文化還蠻快樂的）

NOTE

_____

_____

_____

Step 2

芳蘭：先輩に朝の挨拶をする。

(向學長問早)

先輩：会議の資料のコピーと、データ入力を頼みます。データ入力は早く完成させるように言う。

（麻煩對方影印會議上使用的資料，並且將資料輸入電腦。提醒對方輸入資料的工作請儘早完成）

NOTE

_____

_____

_____

Step 3

芳蘭：早くとはいつまでか、先輩に確認する。

（向學長確認，所謂的儘早是指到何時為止必須完工呢？）

先輩：午前中にやるように指示する。

（指示是中午 12 點之前必須做完）

芳蘭：指示を確認する。

（確認學長指示的內容）

NOTE

_____

_____

_____

向人道謝時誇張些，
提到自己時節制些

今泉江利子／撰　游翔皓／譯

　　日本人常將道謝的話說地更過一些。例如將「迎えに来てくれてありがとう」（謝謝你來接我），說成「わざわざ迎えに来てくれてありがとう」（承蒙您特地遠迎不勝感謝）。或是「合格できました」（我考上了），說成「おかげさまで、合格できました」（託您的福我順利考上了）等等。這大概是因為，日本人想表示的感謝，不是只對對方的勞務或物品而已。而是更進一步，講究將自己感謝的心情傳達給對方。

　　與此相反，當自己給予對方好處或恩惠時，日本人習慣講地節制保守些。即便對方向我們道謝，也會以「たいしたことではありません」（這沒什麼大不了請別放在心上）回答。當對方誇讚我們「中国語が上手ですね」（中文很不錯耶），會說「そんなことはありません」（沒這回事啦）等。甚至有些日本人明明是一直用中文說話，被誇讚時還會說「ぜんぜんできません」（不不～我完全不會啦）。

　　還有，送東西給人時也會說「つまらないものですが」（不成敬意的小東西）。這句其實是說，這東西我認為不錯，但或許對你而言不值一提，儘管如此，還是希望您收下的意思。這樣的說法展現了自我節制與抬舉對方兩層意思。只是有些人會認為「つまらないものですが」太過自謙，實無必要。若這麼覺得，可以「心ばかりのものですが」（心意十足的薄禮）、「ささやかですが」（微不足道的薄禮）這樣的方式說明。對朋友則可說「これ、おいしいから食べてね」（這很好吃請別客氣）。這樣就足夠囉！

CH.8 租屋和居住

學習重點

　　本章會提到內容的有：租屋必學用語與基礎常識、住處環境相關話題、談論自己理想的居住條件與生活方式。進入芳蘭的世界前，先來瞭解相關詞彙與句子，加強自己的語彙力吧！

チェック ① 詞彙與表現

A 單字結合用法

◆租屋

名詞	格助詞	動詞＆形容詞	中文
不動産屋	に	行く・問い合わせる	去詢問不動產公司
ワンルーム／3LDK		住む	住 套房／三房兩廳
大家さん／不動産会社		相談する	與房東／不動產公司 洽談
ご近所		挨拶する	向鄰居拜碼頭
物件	を	比較する	比較不同的房子
間取り		考える	考慮屋內空間配置
部屋、駐車場		借りる／貸す	租／出租 房間、停車位
家賃、管理費、敷金、礼金		払う／振り込む	付／匯入 房租、管理費、押金、禮金
保証人		探す	找保證人
引っ越し		する	搬家
契約		更新する	契約更新
大家さん／不動産会社	と	交渉する	與房東／不動產公司 交涉

◆居家生活

名詞	格助詞	動詞＆形容詞	中文
ゴミ	を	出<ruby>す<rt>だ</rt></ruby>／分別<ruby>する<rt>ぶんべつ</rt></ruby>	倒垃圾／垃圾分類
ガス代、電気代、水道代 <ruby>だい<rt></rt></ruby>		払<ruby>う<rt>はら</rt></ruby>／引<ruby>き落とす<rt>ひ お</rt></ruby>	繳交／自動扣繳 瓦斯費、電費、水費
		節約<ruby>する<rt>せつやく</rt></ruby>	節省　瓦斯費、電費、水費
家具、家電 <ruby><rt>かぐ かでん</rt></ruby>		買<ruby>う<rt>か</rt></ruby>／そろえる	購買／備齊　家具、家電
自炊／掃除／洗濯／家事／ 洗い物・皿洗い		する	做飯／打掃／洗衣／做家事／ 洗碗盤
部屋の模様替え			改變房間擺設
苦情 <ruby><rt>くじょう</rt></ruby>		言<ruby>う<rt>い</rt></ruby>	抱怨
泥棒・空き巣 <ruby><rt>どろぼう あ す</rt></ruby>	に	入<ruby>られる<rt>はい</rt></ruby>	遭小偷
部屋／リビング <ruby><rt>へ や</rt></ruby>	で	くつろぐ	在房間／客廳　放鬆休息

◆生活型態

名詞	格助詞	動詞＆形容詞	中文
家族／兄弟／友達 <ruby><rt>かぞく きょうだい ともだち</rt></ruby>	と	住<ruby>む<rt>す</rt></ruby>・同居<ruby>する<rt>どうきょ</rt></ruby>・暮<ruby>らす<rt>く</rt></ruby>	與家人／手足／朋友 同住
ペット	を	飼<ruby>う<rt>か</rt></ruby>	養寵物
実家 <ruby><rt>じっか</rt></ruby>		出<ruby>る<rt>で</rt></ruby>	離開老家
一人暮らし／ルームシェア <ruby><rt>ひとり ぐ</rt></ruby>		する	一個人生活／找人分租

B 單字延伸與句子

01 替換説法

詞彙	還能這樣說	中文
こうつう べんり 交通が便利	こうつう べん 交通の便がいい	交通方便
ある ぷん 歩いて10分	と ほ ぷん 徒歩10分	步行10分鐘
りょう り つく 料理を作る	すい じ 炊事する	做飯
に もつ い 荷物を入れる	に もつ 荷物をつめる	放入行李
おお や お ねが 大家さんにお願いする	おお や たの 大家さんに頼む	拜託房東
ひ よう せつやく 費用を節約する	ひ よう おさ 費用を抑える	節約費用

02 擬聲擬態語

へ や 部屋でダラダラする・ゴロゴロする	在房間裡耍廢
しゅうまつ いえ 週末は家でのんびりする	週末要在家裡悠哉地過
へ や み 部屋が見つからなくてイライラする	找不到適合的房子而焦慮
えき ある 駅までテクテク歩く	一步步走到車站
いえじゅう 家中をピカピカにする	整個屋子打掃得清潔光亮
ばんぐみ み わら バラエティー番組を見てゲラゲラ笑う	綜藝節目看到開懷大笑

◆闡明自己期望的說法

▲**できるだけ～ところがいいんですが**▲　希望儘可能是～的地方（表達較強烈希望）

「できるだけ駅に近いところがいいんですが。」

希望儘可能是離車站近的地方。

「できるだけ静かな環境のところがいいんですが。」

希望儘可能是環境安靜的地方。

▲**できれば～ところがいいんですが**▲　如果可以，希望儘可能是～的地方（表達較委婉希望）

「できれば、礼金も敷金もいらないところがいいんですが。」

可以的話，希望是禮金與押金都可免除的物件。

「できれば、ウォークインクローゼットが付いているところがいいんですが。」

可以的話，希望是有衣櫥收納室的物件。

◆建議的說法

▲**～ほうがいいですよ。～場合がありますから**▲　建議最好是～。否則～

「壁に棚を取り付ける場合は、大家さんに相談したほうがいいですよ。後で弁償しなければならない場合がありますから。」

若要在牆壁上釘上櫃架的話，先與房東談談比較好喔！否則事後有時也會被要求賠償。

「家具を運ぶときは、気をつけたほうがいいですよ。わざとではなくても、床を傷つけた場合、お金を請求される場合がありますから。」

搬運家具時小心點為妙喔！否則若傷到地板，就算不是故意的，也可能被請求金錢賠償。

チエック ② 練習問題

01 單字

* 請從題目下方選出適當的單字填入 (含動詞變化) *

> 例：どれがいいか物件を＿＿比較して＿＿、決めることにします。

(1) 家賃は毎月1日に大家さんの口座に＿＿＿＿＿＿＿＿ことになっています。

(2) 昔は引っ越しをすると、ご近所にそばを持って＿＿＿＿＿＿＿＿に
行きました。

(3) 本当は一人暮らしがいいけど、家賃が高いので、友達と＿＿＿＿＿＿＿＿＿て
います。

(4) 保証人を＿＿＿＿＿＿＿＿なくても、学校が保証人になってくれますよ。

(5) リサイクルゴミはきちんと＿＿＿＿＿＿＿＿ないと、意味がありません。

(6) 今は家族と＿＿＿＿＿＿＿＿ていますが、大学に入ったら寮に入る
つもりです。

(7) 空き巣に＿＿＿＿＿＿＿＿ので、すぐに警察に電話しました。

(8) 下の階の人にうるさいと苦情を＿＿＿＿＿＿＿＿ました。

比較する ／ 同居する ／ ルームシェアする ／ 言う ／ 分別する ／
挨拶する ／ 入る ／ 探す ／ 振り込む

---

02 替換說法

* 請將底線處替換成其他說法 *

例：引っ越しのときダンボールに　荷物を入れる　のに３日かかりました。
⇒引っ越しのときダンボールに　荷物をつめる　のに３日かかりました。

（1）寮は大学まで　歩いて５分　なので、朝ゆっくり寝られます。

　　⇒

（2）大学に入るまで　料理を作った　ことがないので、今とても苦労しています。

　　⇒

（3）電気代を　節約する　方法をネットで調べて、実践しています。

　　⇒

（4）この辺は　交通が便利な　のが魅力だけれど、家賃が高いです。

　　⇒

03 擬聲擬態語

例：この週末は、＿＿＿＿＿＿しないで、友達とキャンプにいくつもりです。
⇒この週末は、　ダラダラ　しないで、友達とキャンプにいくつもりです。

（1）今朝はバスがなかなか来なくて、＿＿＿＿＿＿＿＿しました。

（2）天気のいい日は、一つ前の駅で降りて＿＿＿＿＿＿＿歩いて、学校に行きます。

（3）両親は私と違ってきれい好きなので、家はいつも＿＿＿＿＿＿＿です。

（4）カフェで友達と＿＿＿＿＿＿＿笑っていたら、隣の席の人ににらまれました。

（5）家に帰ってペットと＿＿＿＿＿＿＿するのが、私のストレス解消法です。

ダラダラ ／ テクテク ／ ゲラゲラ ／ ピカピカ ／ イライラ ／ ゴロゴロ

04 情境問答

Q1. 今、住んでいるところについて教えていただけますか。[自由に答えてください]

A：_____。

Q2. 台湾では、どうやって部屋を借りますか。[自由に答えてください]

A：_____。

Q3. どんな家に住みたいですか。[自由に答えてください]

A：_____。

　　そして、できれば、_____。

Q4. 日本に住んでみたいと思いますか。[自由に答えてください]

A：_____。

チェック ③ 情境會話

部屋を探す
找房子

● 登場人物：芳蘭／佐藤／日向
● 故事情節：某天，芳蘭聽說隔壁的鄰居打算搬家。芳蘭因為想省生活費，想要自己做飯，所以也開始思考搬家的事。但是，她沒有自己找房子的經驗，所以隔幾天後，她找日向來討論這件事。

會話 1　マンションで近所の人と／在公寓遇見鄰居

芳蘭：おはようございます。あれ、ゴミ重そうですね。一つ持ちますよ。

佐藤：ありがとう。実は、来月、引っ越すことになって。

芳蘭：えっ、そうなんですか。寂しくなります。

佐藤：私も。福岡の実家に戻るので、そっちにもよかったら、遊びに来て。

芳蘭：福岡ですか。いいところですよね。絶対遊びに行きます。

佐藤：絶対来てね。今の会社、福岡にも支社があってね。実家から通えない距離じゃないから、実家に戻ることにしたんだ。

芳蘭：そうなんですか。引っ越し、何か手伝えることがあったら、言ってくださいね。いろいろお世話になったし。このゴミの分別も佐藤さんが教えてくれたんですよね。ペットボトルは水曜日だけど、キャップは火曜日だとか、最初はよくわかりませんでした。

佐藤：本当に面倒なんだよね。あっ、そうだ。あの激安スーパーの向かいにカフェができたんだけど、週末、行かない？

芳蘭：いいですね。ぜひ。

中譯

芳蘭：早安。咦！您手上拿的垃圾看起來好重耶，我來幫忙拿一個吧！

佐藤：謝謝～！其實是因為我下個月要搬家了。

芳蘭：啊，這樣啊。那我要變寂寞了。

佐藤：我也是啊。因為要回福岡老家，不嫌棄的話，也請來我家找我玩哦。

芳蘭：福岡啊，好地方呢！我一定會去！

佐藤：一定要來喔。我現在這家公司在福岡也有分公司，因為距離我老家不遠，所以選擇回老家。

芳蘭：這樣啊。搬家時若要幫忙，儘管開口喔。這陣子真的是受您照顧了。連這個垃圾分類的方法也是您教我的。寶特瓶是週三丟，但是瓶蓋是週二丟，一開始我真的一竅不通。

佐藤：真的是很麻煩的規定呢！啊，對了。那間超便宜的超市對面開了一家咖啡店，要不要這週末一起去？

芳蘭：好耶！一起去喔哦！

（カフェで）

芳蘭：ごめん、待った？

日向：いや、さっき来たとこ。こんなとこにカフェができてたなんて知らなかったよ。

芳蘭：でしょ。お隣さんが教えてくれたの。そのお隣さんね、引っ越すことになったんだ。

　　　それで……。

日向：引っ越すの？

芳蘭：今の部屋、きれいで、日当たりもいいけど、キッチンが狭くて使いにくいんだ。

　　　それに、駅まで遠いし。

日向：確かに、交通の便はよくないよね。その割に家賃高めだしな。

芳蘭：そこ！もうちょっと安いなら、がまんするけど。やっぱり、部屋探しを始めよう

　　　かな。

日向：ネットで物件を検索してみようよ。場所は駅に近いところで、キッチンが広い

　　　部屋ね。ここなんか、いいんじゃない？

芳蘭：あっ、今のとこより安い。内見に行くとき、いっしょに行ってくれないかな？

日向：うん、それはもちろん。

中譯

芳蘭：不好意思，你到很久了？

日向：不會，我也剛到。我都不知道這裡竟然開了家咖啡廳耶。

芳蘭：是吧。是隔壁告訴我的。那位鄰居呀，要搬家了。所以……。

日向：妳也要搬家了？

芳蘭：現在的屋子很乾淨、日照也棒，但是廚房空間小不好用。再來就是，離車站好
　　　遠喔。

日向：是沒錯，交通確實算不上方便。以這條件來說，房租算貴耶。

芳蘭：對！就是這點我不能接受！要是便宜些我倒還能忍。我想是否要開始找房子了。

日向：來試試用網路找物件吧。地點要離車站近，廚房要大一點的房子是吧。這間怎
　　　樣，還不錯吧？

芳蘭：好耶～比現在住的那間便宜。約參觀的時候，你可以跟我一起去看嗎？

日向：嗯，當然沒問題囉。

チエック ④ 模擬會話練習

示範會話 不動産屋で希望の部屋を探す／去不動產找房子

芳蘭：あのう、駅に近くて、キッチンが広めの部屋を探しているんですが。

社員：お一人でお住まいの予定ですか。

芳蘭：はい。それから、家賃もできるだけ、安いところを紹介してください。学生なので。

社員：はい、お料理が趣味なんですか。

芳蘭：っていうか、節約のために自炊したくて。

社員：じゃ、キッチンは重要ですよね。ここなんかどうですか。キッチンもきれいでしょ。

芳蘭：本当ですね。駅にも近いし。例えば、この物件だと、初期費用ってどのくらい

かかりますか。

社員：ここは敷金、礼金、保険料、管理費が必要ですから、家賃の４、５か月分って

ところですね。

芳蘭：けっこうかかりますね。内見するのは、無料ですか。

社員：ご契約いただいた場合だけ、仲介手数料をいただいております。

芳蘭：不好意思，我想找離車站近，然後廚房大一些的房子。

社員：您是預定一個人入住嗎？

芳蘭：是的。另外，請您儘量介紹房租便宜的物件給我。因為我還是學生。

社員：好的，您是喜歡作做料理嗎？

芳蘭：該怎麼說呢～應該是為了省錢，所以想自己煮。

社員：這樣的話廚房的確重要的考量。這間您覺得如何呢？廚房也很乾淨吧。

芳蘭：對欸！離車站也近。以這個物件為例，初期費用大概要多少呢？

社員：這間要押金、禮金、保險費、管理費。大致等於 4、5 個月份房租喔。

芳蘭：很燒錢耶！前往看房要另外計費嗎？

社員：只有簽約完成，我們才會收取仲介費喔。

不動産屋で希望の部屋を探す／去不動產找房子

Step 1

芳蘭：不動産会社の社員に、希望の部屋の条件を話す。希望の条件は家具付きでペットが飼えること。

（向不動產公司的人說明自己理想中的租屋條件。條件是附家具及允許飼養寵物）

社員：家族と住むのか聞く。

（詢問是否要和家人一起住）

芳蘭：一人で住むことを伝える。

（說明只有自己要住）

NOTE

_____

_____

_____

Step 2

社員：今、どんなペットを飼っているのか聞く。

（詢問現在飼養什麼寵物）

芳蘭：トイプードルを飼っていることを伝える。それから、できれば、南向きの部屋がいいことも伝える。

（說明正在飼養貴賓犬。另外，告訴對方儘可能找坐北朝南的房子。）

NOTE

_____

_____

_____

Step 3

社員：条件にあった物件を紹介する。

（介紹符合客人所期望條件的物件）

芳蘭：初期費用を聞く。

（詢問初期費用）

社員：初期費用について説明する。

（說明初期費用的相關內容）

NOTE

_____

_____

_____

看似虛無的「クッション言葉」

今泉江利子／撰　游翔皓／譯

　　「恐れ入りますが」（不好意思，可否請您…）、「よろしければ」（要是可以的話…）、「お手数ですが」（抱歉麻煩您…），這些我們統稱為「クッション言葉」，也就是緩衝語句。

　　就如其字面的意思那樣，能像靠墊或抱枕般地柔軟化我們的話語，發揮著在不失禮的情況下，將想說的意思傳達給對方的功能。突然冒出一句「可以教教我嗎？」，容易讓對方誤以為我們毫不顧慮他們方便與否。但若是在開頭就加上「お忙しいところ申し訳ありませんが」（百忙之中非常抱歉），這樣的緩衝語句，就可以向對方傳達我們誠摯請教之意。

　　緩衝語句大量使用於服務業，所以常在旅館或百貨公司裡聽到。旅館櫃檯向客人要求在住宿登記卡上填資料時，總會說「お手数ですが、こちらに必要事項をご記入ください」（抱歉麻煩您在這裡填寫您的資料）。在百貨公司購物時，店員會說「恐れ入りますが、こちらにサインをお願いいたします」（不好意思，可否請您在此簽名），或者「あいにくそちらの商品は取り扱っておりません」（很不湊巧我們目前沒有您所詢問的商品）等等，來麻煩顧客配合某事，或向顧客表達歉意。

　　另外，緩衝語句也可以用於對方幫忙時。例如「もしよろしければ」（要是您不介意的話）。日本人也常來台灣旅行，要是遇到面有難色的日本人旅客時，不妨主動對他們說「もしよろしければ、お手伝いしましょうか」（要是可以的話讓我來幫您吧）！

學習重點

　　本章會提到內容的有：政經相關用語、台灣與日本的自然災害、為保護地球環境所做的努力、最近的新聞事件。進入芳蘭的世界前，先來瞭解相關詞彙與句子，加強自己的語彙力吧！

チェック ① 詞彙與表現

A 單字結合用法

◆政治

名詞	格助詞	動詞＆形容詞	中文
年号・元号 （ねんごう・げんごう）		変わる （か）	年號更迭
支持率、投票率 （しじりつ、とうひょうりつ）	が	上がる／下がる （あ）（さ）	支持率、投票率 上升／下降
選挙／投票 （せんきょ／とうひょう）		行われる （おこな）	舉辦　選舉／投票
投票 （とうひょう）	を	する	投票

◆經濟

名詞	格助詞	動詞＆形容詞	中文
消費税／税金 （しょうひぜい／ぜいきん）		引き上げられる・上がる （ひ　あ）（あ）	消費稅／稅金　上漲
景気 （けいき）	が	よくなる／ 悪くなる・落ち込む （わる）（お　こ）	景氣好轉／ 景氣惡化
不景気／円高／円安 （ふけいき／えんだか／えんやす）	に	なる	不景氣／日圓升／日圓貶

◆社會

名詞	格助詞	動詞＆形容詞	中文
へいきんじゅみょう 平均寿命	が	の 延びる	平均壽命延長
じけん じこ かじ 事件／事故／火事 ／パンデミック		お お 起きる・起こる	發生　事件／事故／火災 ／傳染病
にん けが人		で 出る	出現傷者
かんせん 感染		かくだい かくにん 拡大する／確認される	感染擴大／確認感染

◆氣象・災難

名詞	格助詞	動詞＆形容詞	中文
たいふう 台風	が	はっせい じょうりく 発生する／上陸する	颱風　形成／登陸
ひがい 被害		で あいつ 出る／相次ぐ	災情　出現／相繼發生
じしん つなみ 地震／津波／ しぜんさいがい てんさい 自然災害・天災		お お はっせい 起きる・起こる・発生する	發生　地震／海嘯／ 自然災害
かざん 火山		ふんか 噴火する	火山爆發
やまかじ 山火事		ひろ 広がる おさ しゅうそく ／収まる・収束する	森林大火　延燒 ／控制住
フェイクニュース		ひろ ひろ 広がる・広まる	假新聞擴散
かんきょう そう 環境／オゾン層		は かい 破壊される	環境／臭氧層 遭到破壞
ち きゅうおんだん か 地球温暖化		すす 進む	地球暖化日益嚴重
かいよう 海洋プラスチックゴミ、 マイクロプラスチック[1]		ふ へ 増える／減る	海洋塑膠垃圾、微塑料 增加／減少

1　微塑料：大小在5公厘以下的塑膠垃圾

◆科學・文化

名詞	格助詞	動詞＆形容詞	中文
衛星／探査機／ロケット	が	打ち上げられる	衛星／太空探測器／火箭發射升空
ノーベル賞		決まる	公布諾貝爾獎得主
オリンピック、サッカーW杯、高校野球大会		開催される／延期される・延期になる／中止される・中止になる	奧運、世界盃足球、高中棒球聯賽開始／延期／中止
世界遺産	に	登録される	登錄為世界遺產

◆國際

名詞	格助詞	動詞＆形容詞	中文
戦争、デモ	が	起きる・起こる／終わる	戰爭、示威活動發生／結束
首脳会議／首脳会談		行われる	舉辦領袖會議／領袖會談
首相／大統領		来日する	(其他國家) 首相／總統訪日
首相／大統領／天皇		訪問する	首相／總統／天皇來訪或前往蒞臨

B 單字延伸與句子

01 替換說法

詞彙	還能這樣說	中文
年号・元号が変わる	改元される	年號更迭
事故で人が亡くなる	事故で人が死亡する	因事故發生有人死亡
犯人が捕まる	犯人が逮捕される	犯人落網
税金が上がる	増税される	加稅
国際会議が開かれる	国際会議が開催される	舉行國際會議
各国首脳が日本へ来る	各国首脳が来日する	各國領袖訪日

02 擬聲擬態語

家がグラグラ揺れる	家裡天搖地動
まだ4月なのにムシムシする	明明才4月居然這麼悶熱
税金がどんどん上がる	稅率逐漸增加
感染がじわじわ広がる	感染緩緩擴大
台風で風がビュービュー吹く	颱風來了強風呼呼狂吹
チクっとする注射	會刺痛的打針

C 情境句型

◆將聽聞資訊完整如實傳達給對方

▲〜そうです／〜んだって▲　據說〜

「今朝のニュースによると、地震が起きたそうです。」

依據今天早上的新聞報導，聽說發生了地震。

「津波の心配はないんだって。」　＊「〜そうです」の口語表現

據說是不至於發生海嘯。

◆將傳言加上判斷傳達給對方

▲〜らしいです▲　好像〜

「噂によると、大会が延期になるらしいよ。」

依據大家在流傳的說法，賽事好像會延期。

◆將看到的或感覺到的加上判斷傳達給對方

▲～ようです・～みたいです◢ 好像～

「パトカーが来てますね。事故があったようですね。」

警車來了。好像發生事故的樣子。

「山の上のほうが白くなってる。雪が降ってるみたいだね。」

山頂上變白色了。好像是下雪了的樣子。

◆聽到新聞報導時的心情表現

▲びっくりした／こわい／信じられない／残念／よかった◢

嚇一跳／好可怕／無法置信／可惜／太好了

「親が子どもを虐待するなんて、信じられないね。」

父母親虐待子女這種事，真令人難以置信。

「山火事が雨で収まったんだって。よかったね。」

聽說森林大火因為下雨而控制住。真是太好了。

チェック ② 練習問題

01 單字

* 請從題目下方選出適當的單字填入 (含動詞變化) *

例：元号が平成から令和に＿＿変わり＿＿ました。

(1) 来週日曜日に投票が＿＿＿＿＿＿＿＿＿＿ます。

(2) 対策をとらなければ、パンデミックが＿＿＿＿＿＿＿＿＿＿可能性があります。

(3) きょうロケットが無事＿＿＿＿＿＿＿＿＿ました。

(4) 国際会議が来春、日本で＿＿＿＿＿＿＿＿＿ことが決まりました。

(5) 台風が＿＿＿＿＿＿＿＿＿らしいから、早めに避難したほうがいいよ。

(6) 消費税が8%から10%に＿＿＿＿＿＿＿＿＿ました。

(7) 世界遺産に＿＿＿＿＿＿＿＿＿までには、政府や国際機関による手続きや調査が必要です。

(8) 多くの人が海洋プラスチックゴミが＿＿＿＿＿＿＿＿＿ていることに、危機感を持っています。

変わる ／ 行われる ／ 引き上げられる ／ 上陸する ／ 起こる ／
増える ／ 登録される ／ 開催される ／ 打ち上げられる

---

02 替換説法

* 請將底線處替換成其他説法 *

例. 建設現場で事故が起こったが、 亡くなった人 はいなかったそうだ。
⇒建設現場で事故が起こったが、 死亡した人 はいなかったそうだ。

（1） 消費税が上がった ばかりなのに、今度は所得税も上がるんだって。

⇒

（2） 各国首脳が 日本に来て 、経済問題について話し合う予定です。

⇒

（3） ニュースによると、連続放火事件の犯人が 逮捕された そうです。

⇒

（4） 高校野球は、毎年春と夏に甲子園球場で 開催されて います。

⇒

03 擬聲擬態語

例：なんか＿＿＿＿＿＿＿揺れているような気がするなと思ったら、地震だった。

⇒なんか　グラグラ　揺れているような気がするなと思ったら、地震だった。

（1）日本は夏、湿度が高いので、毎日＿＿＿＿＿＿＿＿＿して、過ごしにくい。

（2）インフルエンザの予防接種に行くつもりだが、あの＿＿＿＿＿＿＿＿するのが
嫌いだ。

（3）物価が＿＿＿＿＿＿＿＿上がっているので、税金は上げてほしくないなあ。

（4）発売当初はぜんぜん売れなかったが、口コミで＿＿＿＿＿＿＿売り上げが
伸びた。

（5）外は風が＿＿＿＿＿＿＿＿吹いているから、出かけないほうがいいよ。

グラグラ ／ じわじわ ／ チクっと ／ どんどん ／ ビュービュー ／ ムシムシ

04 情境問答

Q1. 台湾ではどんな自然災害が起こりますか。[自由に答えてください]

A：＿＿＿＿＿＿＿＿＿＿＿＿＿＿＿＿＿＿＿＿＿＿＿＿＿＿＿＿＿

Q2. あなたは選挙のとき、必ず投票に行きますか。また、台湾の投票率は高いですか、
低いですか。[自由に答えてください]

A：＿＿＿＿＿＿＿＿＿＿＿＿＿＿＿＿＿＿＿＿＿＿＿＿＿＿＿＿＿

Q3. 地球の環境を守るために、どんなことが必要だと思いますか。[自由に答えてく
ださい]

A：＿＿＿＿＿＿＿＿＿＿＿＿＿＿＿＿＿＿＿＿＿＿＿＿＿＿＿＿＿

Q4.台湾のスポーツの大会について教えてください。[自由に答えてください]

A：＿＿＿＿＿＿＿＿＿＿＿＿＿＿＿＿＿＿＿＿＿＿＿＿＿＿＿＿＿

チエック ③ 情境會話

● 登場人物：芳蘭／日向
● 故事情節：芳蘭所住的地方可能會有颱風登陸。芳蘭與日向就颱風問題聊聊台灣與日本在反應上的不同。之後，將話題從颱風擴展至環境問題。

會話 1　台風のニュース／颱風特報

（学校で台風のニュースを見て）

日向：今朝のニュースで、台風が上陸する恐れがあるって言ってたよ。

芳蘭：私も見た。学校休みになるかな？

日向：電車が止まったら、休講になるかもね。あしたは家を出る前に大学のホームページを確認したほうがいいよ。

芳蘭：そうだね。台湾と違って、学校ごとの判断になるからね。

日向：ネットによると、台湾は一斉に会社も学校も休みになるらしいね。その分、土日に出社したり、補講を受けたりしなきゃならないの？

芳蘭：ううん、そんなことはしなくていいよ。

日向：そうなんだ。ネットで見たんだけど、最近、日本に来る台風が増えたような気がするけど、これって地球温暖化と関係あるんだって。

芳蘭：気象庁の資料によると、絶対関係があるとは言い切れないみたいだよ。こないだ、授業でディスカッションしたとき、読んだんだけど。

日向：そうなんだ。ネットの情報には信頼性に欠けるものもあるから、鵜呑みにしない
　　　ように気を付けなきゃね。

芳蘭：そういうこと。

中譯

（在學校看到颱風特報）

日向：聽今天早上的新聞報導說，颱風有可能會登陸耶。

芳蘭：我也有看。學校會停課嗎？

日向：電車要是停駛的話，學校也可能會停課。建議妳明天出門前在大學網頁上確認
　　　一下吧。

芳蘭：是得確認一下。這點跟台灣不一樣，日本是每個學校自行判斷呢。

日向：我看網路上說，台灣好像是統一決定公司與學校是否停班停課的樣子。但相對
　　　地，週六日必需補班補課是嗎？

芳蘭：不用喔，不補也行。

日向：這樣啊。我看網路上說，最近撲向日本的颱風感覺變多了，聽說這現與地球暖
　　　化有關欸。

芳蘭：但是依據氣象廳的資料，好像也不能一口咬定兩者間有因果關係的樣子喔。不
　　　久前上課時的小組討論有讀到這段。

日向：這樣啊！網路上的資訊有時也會欠缺可信度，得注意不可以盡信啊。

芳蘭：沒錯！

會話2 深刻な問題／嚴肅的議題

（学校で環境問題についておしゃべりする）

日向：最近、暑いね。これも温暖化の影響かな。

芳蘭：温暖化といえば、私達若者にとって、環境問題は深刻な問題だよね。

日向：うん、経済優先で、環境問題を僕らの世代に押し付けてる政治家の発言を聞くと、腹が立つよ。

芳蘭：ほんと。経済と環境のバランスが大事なのにね。

日向：だろう。でも、自分ができることをやってる人は多いよね。

芳蘭：マイバッグをいつも持っている人とか、ペットボトル飲料を買わずに、タンブラーを使ってる人とかね。でも、個人の努力だけじゃ……。

日向：そうだね。一人ひとりができることをするだけじゃ、地球温暖化が進むのを止めることはできないよね。

芳蘭：世界全体で取り組まないとね。私、仕事を探すときも、環境のことを考えてる企業かどうかを重視したいと思ってるんだ。

日向：環境問題をビジネス戦略として考えている企業のほうが将来性あるしね。

芳蘭：あっ、それ、今、私も言おうとしてたんだ。（笑）

（在學校聊著環境相關的問題）

日向：最近有夠熱的。這也是暖化導致的影響吧。

芳蘭：說到暖化，對我們年輕人而言，環保真的是嚴肅的議題啊！

日向：嗯。聽到政客們那些主張經濟發展優先，卻把環保議題推給我們這個世代解決
的發言，真是一肚子火。

芳蘭：真的！在經濟發展與環保之間取得平衡，真的超級重要！

日向：是不是！不過，隨手做環保的人也蠻多的的。

芳蘭：像是隨身攜帶環保購物袋啦、不買瓶裝飲料而使用環保隨行杯的人之類。不過，
只有個人層次的努力，還是稍嫌⋯⋯。

日向：是啊！只靠這些憑一己之力能做的，對遏止地球暖化根本也是無濟於事的吧。

芳蘭：全世界都要正視並團結起來啦。我啊，找工作時，會重視那個企業是否有把環
保當一回事喔。

日向：會把環保議題當作經營戰略來考量的企業，才有發展性呢！

芳蘭：哈，我正想這樣說呢！（笑）

チェック ④ 模擬會話練習

示範會話 ニュースを通じて世界を学ぼう／
透過新聞報導學世界

日向：最近、彼とはうまくいってる？

芳蘭：いきなり？もちろん、うまくいってますけど、どうしたの？

日向：あのさ、台湾のニュースサイトでおすすめある？

芳蘭：中国語の勉強？たまにスイッチ入るよね。って冗談だけど。

日向：ひどいな。自分でも調べてみたんだけど、これとか、どう？

芳蘭：それもいいけど、ちょっと待ってね。このサイトおすすめだよ。用語の説明もあっ

て、わかりやすいんだ。

日向：最近、おもしろいニュースあった？

芳蘭：うん。感染症と日本のお辞儀文化についての記事かな。お辞儀文化が日本を救う

かもよ。日向くんは？

日向：やっぱり経済かな。今、世界的に働き方が変わろうとしていると思うんだ。一つ

の会社でずっと働くとか、指示されて働くとか、そういうことは少なくなるよね。

芳蘭：それは私も感じる。日本も台湾もグローバルスタンダードに近づいていくことは

間違いないと思う。

日向：最近跟男朋友處得還還好吧？

芳蘭：怎麼突然問這個？當然還不錯啊。怎麼了嗎？

日向：是這樣啦，妳有沒有什麼推薦的台灣網路新聞？

芳蘭：要學中文？難得會想振作嘛～！開玩笑啦。

日向：妳好過分耶！我自己試著找了一下，這個網站如何？

芳蘭：這個也不錯。等等喔。我推薦這個，有相關用語的說明，淺顯易懂。

日向：最近，有什麼有趣的新聞嗎？

芳蘭：有喔。像是感染症與日本的鞠躬禮節文化之間的關聯性的報導。鞠躬禮節文化可能救了日本喔。日向你呢？

日向：應該還是經濟方面的吧。我覺得目前全世界的工作模式都在面臨改變。像是一直在同一間公司工作、或是依據上級指示而工作等等，這些都會逐漸減少。

芳蘭：我也覺得是這樣。不論是日本或台灣，越來越往所謂的國際標準靠攏是大勢所趨。

ニュースを通じて世界を学ぼう／
透過新聞報導學世界

Step 1

日向：芳蘭さんに、おすすめのニュースサイトについて聞く。

詢問芳蘭，是否有推薦的新聞網站。

芳蘭：おすすめのニュースサイトを紹介する。

介紹推薦的新聞網站。

NOTE

_____

_____

_____

Step 2

芳蘭：最近、気になったニュースについて話す。

說說最近注意到的新聞。

日向：芳蘭さんが気になったニュースについて感想を述べる。

對於芳蘭所注意到的新聞，說說自己的感想。

NOTE

_____

_____

_____

Step 3

日向：最近、気になったニュースについて話す。

説說最近注意到的新聞。

芳蘭：日向さんが気になったニュースについて感想を述べる。

對於日向所注意到的新聞，說說自己的感想。

NOTE

_____

_____

_____

日本獨有的體察文化，
是體恤還是挖苦？

今泉江利子／撰　游翔皓／譯

　　當我們一個人搬著重物時，其他人會湊上前說「手伝いましょうか」（我來幫忙吧）。當我們說「行きたいんだけど、最近忙しくて」（是很想去啦，只不過最近有些忙），對方就明白我們其實是在拒絕。就算這樣的請求或拒絕的意圖並非明示，卻可以透過對方所展現的態度或所說的話來察覺。雖說這樣的察覺文化各國皆有，但日本確實比較常見。

　　在日本，服務業或接客待客就不用說了，就連在商品的設計上，也看得到設計者想辦法體恤使用者的感受。例如，在雨天購物時，店家會為顧客的紙袋附加一層塑膠封套，或者在飯店找尋早餐的餐廳時，就會有服務人員主動向我們「いかがなさいましたか」（您是否用餐呢）。其他還有商品的包裝設計，比方說好拿與否、方便回收與否等等，都在設計者的考慮範圍內。

　　有趣的抱怨時的說法。特別是向鄰居抱怨時，講得太直白恐怕會把關係搞得太僵，所以便會利用對方察覺的本能，說得相當委婉。例如，覺得隔壁彈鋼琴的聲音吵死人，便可說：「子どもさん、ピアノがお上手ですね」（您家小孩鋼琴彈得好棒啊）。所以要是被鄰居日本人誇讚的話，對方是否真的在誇讚，或是在表達他們的厭惡之情，可是得好好地想清楚囉！

學習重點

　　本章會提到內容的有：電影製作相關用語、電影院購票與觀劇相關用法、分享自己最近看的電影、討論喜歡的電影類型與劇情和導演、介紹朋友能觀賞電影的平台。進入芳蘭的世界前，先來瞭解相關詞彙與句子，加強自己的語彙力吧！

チエック ① 詞彙與表現

A 單字結合用法

◆觀眾

名詞	格助詞	動詞＆形容詞	中文
チケット、席	を	予約する／キャンセルする	預約／取消 票、座位
映画／アニメ		楽しむ	欣賞 電影／動畫
涙		流す	流淚
パンフレット／関連グッズ		買う・購入する	購買電影場刊／購買關聯商品
感動		分かち合う	分享感動
俳優、声優		応援する／目指す	為演員、聲優加油／立志成為演員、聲優
映画	に	誘う	邀約看電影
並んだ席		座る	坐在連號座位上
映画／アニメ		感動する	為電影／動畫而感動
主人公		感情移入する	感情投射到主角身上
ファンクラブ		入る	加入粉絲俱樂部
涙	が	あふれる	噙著淚水
大声	で	笑う	大聲地笑

◆電影製作

名詞	格助詞	動詞＆形容詞	中文
映画（えいが）	を	企画（きかく）する／撮影（さつえい）する／編集（へんしゅう）する／上映（じょうえい）する	電影 企劃／拍攝／編輯／上映
マンガ、小説（しょうせつ）		映画化（えいがか）する／アニメ化（か）する／実写化（じっしゃか）する	將漫畫、小説 拍成電影／拍成動畫／影像化
制作費（せいさくひ）／スタッフ		集（あつ）める	募集　製作費／工作人員
キャラクター		デザインする	設計角色造型性格
台詞（せりふ）		言（い）う	説台詞
キャスティング／アフレコ／仕上（しあ）げ		する	分配角色／配音／最後潤飾
主役（しゅやく）の座（ざ）		勝（か）ち取（と）る	奪下演出主角的殊榮
役（えき）		演（えん）じる	飾演角色
監督（かんとく）の意図（いと）		くみ取（と）る	理解導演的匠心
感動（かんどう）		与（あた）える	給予（觀眾）感動
映画（えいが）	が	完成（かんせい）する	電影拍製完成
続編（ぞくへん）の制作（せいさく）		決定（けってい）する	已敲定拍攝續集

◆電影及動畫類型

種類	中文	種類	中文
アクション	動作片	ラブストーリー	愛情片
コメディー	喜劇片	ミステリー	推理片
ドキュメンタリー	紀錄片	アドベンチャー	冒險片
ファンタジー	奇幻片	ホラー	恐怖片
SF	科幻片	時代劇 （じだいげき）	歷史劇
アニメ	動畫	ミュージカル	歌舞劇

B 單字延伸與句子

01 替換說法

詞彙	還能這樣說	中文
映画を見る	映画を観賞する	觀賞電影
映画に出る	映画に出演する	演出電影
映画を制作する	映画をプロデュースする	製作電影
脚本を書く	シナリオを書く	寫電影腳本
映画を宣伝する	映画をPRする	宣傳電影
映画が売れる	映画がヒットする	電影大賣座

02 擬聲擬態語

主人公の行動にハラハラする	因主角的行為緊張萬分
主人公の笑顔にドキッとする	被主角的笑容一箭射心
涙をはらはらと落とす	淚流滿面
ポップコーンをパクパク食べる	大口嚼著爆米花
悪役の言動にムカッとする	對戲中壞人作為憤怒不已
じんと感動がこみ上げる	滿滿感動湧上心頭

03 慣用對話

◆ 電影及戲劇觀後感

「ストーリーがおもしろい」	故事情節有趣
「テンポがいい」	節奏很棒
「感動した」	令人感動
「めちゃめちゃ笑える」	有夠好笑
「笑いあり涙ありで楽しめた」	情節笑中帶淚，令人心悅
「俳優の演技がすばらしい」	演員的演技超級棒
「この声優のハマリ役は〜だ」	這個聲優最適合為〜的角色配音
「見て損した」	看了只是白花錢
「内容がよくわからなかった」	內容讓人不解

◆ 滿心期待時的說法

▲V（ナイ形）かな▲ 會不會～呢？

「このマンガが映画化されないかな。」

真希望這部漫畫可以拍成電影。

「続編が制作されないかな。」

真希望製播下集。

☞ 比想像中還要好

▲～より～ ／ ～以上だった▲ 比～還要／超乎～

「思っていたより、おもしろかった。」

比我預想的還有趣。

「このアニメは期待以上だった。」

這部動畫比我期待的還要好。

☞ 比想像中還要差

▲～ほど＋否定▲ 沒有～來得……

「思っていたほど、おもしろくなかった。」

如我所想的那樣，不怎麼有趣。

「続編は期待していたほどじゃなかった。」

不怎麼期待還有續集。

チェック ② 練習問題

01 單字

* 請從題目下方選出適當的單字填入（含動詞變化）*

例：きのうは友達を＿＿誘って＿＿、アニメ映画を見にいきました。

（1）ラストシーンで涙が＿＿＿＿＿＿＿＿＿＿て、とまらなくなりました。

（2）私が＿＿＿＿＿＿＿＿＿＿ている声優のファンミーティングに参加するつもりです。

（3）コメディー映画は、映画館でも大声でゲラゲラ＿＿＿＿＿＿＿＿＿＿ので、
楽しいです。

（4）スマホのビデオ機能を使って映画を＿＿＿＿＿＿＿＿＿＿てみた。

（5）好きな俳優に＿＿＿＿＿＿＿＿＿＿てほしいと思うマンガがあります。

（6）このアニメのキャラクターを＿＿＿＿＿＿＿＿＿＿たのは、私の姉です。

（7）簡単そうに見えますが、役を＿＿＿＿＿＿＿＿＿＿のは、とても難しいです。

（8）多くの人の協力があって、一つの映画が＿＿＿＿＿＿＿＿＿＿ます。

誘う ／ 演じる ／ 撮影する ／ 応援する ／ デザインする ／
笑える ／ 完成する ／ あふれる ／ 実写化する

---

02 替換說法

* 請將底線處替換成其他說法 *

~~~
例：私の趣味は＿映画を見る＿ことです。
　⇒私の趣味は＿映画を観賞する＿ことです。
~~~

(1) 映画が＿売れた＿ので、続編が制作されることになった。

　　⇒

(2) この脚本家は、＿脚本を書く＿学校で勉強したそうです。

　　⇒

(3) 映画をヒットさせるために、＿宣伝＿はかかせません。

　　⇒

(4) 主役ではありませんが、映画に＿出る＿ことになりました。

　　⇒

03 擬聲擬態語

例：主人公が死んでしまうんじゃないかと、＿＿＿＿＿＿した。
⇒主人公が死んでしまうんじゃないかと、＿ハラハラ＿した。

(1) お菓子を＿＿＿＿＿＿＿＿食べながら見るのが好きなので、映画は家で見ることが多い。

(2) 隣の席の人は、涙を＿＿＿＿＿＿＿＿と落としながら、映画を見ていた。

(3) 主人公はライバルの心ない一言に＿＿＿＿＿＿＿して、にらみつけた。

(4) 主人公の笑顔に、＿＿＿＿＿＿＿＿して以来、その笑顔が忘れられない。

(5) 主人公のあきらめない姿を見ていると、＿＿＿＿＿＿＿感動がこみ上げてきた。

> ハラハラ ／ じんと ／ はらはら ／ パクパク ／ ムカッと ／ ドキッと

04 情境問答

Q1. 最近、映画を見ましたか。[自由に答えてください]

A : _____

Q2. どんな映画が好きですか。特に好きなジャンルがありますか。
[自由に答えてください]

A : _____

Q3. 好きな監督がいますか。[自由に答えてください]

A : _____

Q4. 映画から影響を受けたことがありますか。[自由に答えてください]

A : _____

チエック ③ 情境會話

映画を見る
看電影

● 登場人物：芳蘭／山田
● 故事情節：芳蘭與山田來到電影院看電影。他們想看看山田喜歡的導演所推出的新片。看完電影之後，他們在咖啡廳聊聊剛才看的那部片子。

會話 1　おすすめの映画／推薦的電影

（映画館で）

芳蘭：映画館のこの雰囲気、私好きなんだ。

山田：僕も。映画館で見るほうが、物語の世界に入りやすいよね。

芳蘭：うん、山田さんが大好きな監督なんだよね。楽しみだな。

山田：アクション映画とかお腹抱えて笑える映画じゃないけど、心に残る映画だと思うよ。

芳蘭：えっ？もう見たの？

山田：実はきょうで2回目。好きな映画は何度も見るんだ。

芳蘭：へえ。ストーリーがわかってても、何度も見たくなる映画ってことなんだね。

山田：映像がすごくきれいだし、見てるといろいろなことを考えさせられるんだ。

芳蘭：ふーん。私は映画を見てスカッとしたいほうだけど、この映画には好きな俳優さんが出てるから、見てみたいと思ってたんだ。

山田：へえ、じゃ今度は芳蘭さんのおすすめの映画を紹介してよ。

中譯

（在電影院）

芳蘭：我喜歡電影院的這種氛圍。

山田：我也喜歡。在電影院看，比較容易融入電影裡的世界。

芳蘭：嗯，而且是山田你超愛的導演耶，真令人期待呀。

山田：雖說不是動作片或那種會令人捧腹大笑的喜劇片，但我覺得這是部能讓人在心中迴盪許久的電影哦。

芳蘭：咦？你已經看過了嗎？

山田：其實今天是第二次看了。喜歡的電影我都會重複看好幾次！

芳蘭：是喔。也就是即便知道劇情了，這部電影還是會想讓人想要回味再三囉。

山田：拍攝的畫面非常漂亮，而且看了會讓人思考很多事情喔。

芳蘭：是喔～我其實比較喜歡那種看了後能讓人覺得暢快淋漓的電影。不過這部電影有我喜歡的演員演出，所以我也想來看看。

山田：這樣啊，那下次請介紹給我妳推薦的電影喔！

（カフェで）

芳蘭：いい映画だった。ホントは寝ちゃうんじゃないかって、心配してたんだけど。山田さんが言ってたとおり、きれいな映像だったから、台詞や音楽があまりなくても、ぜんぜん退屈しなかった。

山田：よかった。ねえ、ラストで主人公が好きな人を守るためなら、この世界がどうなってもいいって言うところはどう？

芳蘭：人を愛するって、そういう面もあるなって思ったよ。

山田：ああ、そういう意味だったのか。僕はちょっと納得できなくって。

芳蘭：っていうと？

山田：今僕たちが直面している社会の問題についても描かれてるじゃない？それなのに、ラストで個人の恋愛の話になるから、この終わり方でいいの？って。

芳蘭：ああ、なるほどね。テーマがちょっとずれた感じはしたかな。

山田：だよね。もう一回見てみようかな。（芳蘭さんを見る）

芳蘭：いや、私は……もういいかな。

（在咖啡廳）

芳蘭：真是部好電影。本來我是有點擔心會看到睡著的。正如山田你所說的，光畫面就很漂亮了，所以就算沒有對話及配樂，也不會覺得沉悶。

山田：妳也喜歡真是太好了。對了，妳覺得那一段怎麼樣？就是在最後一幕主角說只要能保護喜歡的人的話，無論這個世界變成怎樣他也無所謂。

芳蘭：只要為了心愛的人，就會有那樣堅強的一面吧。

山田：喔喔，原來是這個意思啊。不過我是有點不太能理解。

芳蘭：怎麼說？

山田：我一直以為這部是在描述我們今天所面對的社會問題耶，結果最後卻拉成個人層次的戀愛故事，我在想，這樣的結尾 OK 嗎？

芳蘭：喔喔～原來如此。這樣確實會讓人覺得有些偏離主題了吧。

山田：是吧？不然我們再看一次吧！（看著芳蘭）

芳蘭：呃，不了。我還是……看一次就夠了。

チェック ④ 模擬會話練習

示範會話 **動画配信サービスで映画を見る／**
用多媒體傳輸平台看電影

日向：いらっしゃい。入って、入って。どこでも好きなとこ座ってよ。

芳蘭：ありがとう。これがトライアル中の動画配信サービスね。いろいろあるね。

日向：洋画、邦画、ドラマ。どれ見る？

芳蘭：ジャンルは、アクション映画、ラブコメ、ホラー、サスペンス、アニメか……。ねえ、アニメにしない？去年公開された映画で、日向君が好きな声優が出てるアニメ。見ようと思ってたんだけど、見逃しちゃったんだ。

日向：あっ、あれね。テンポもいいし、ハッピーエンドだから、いいね。ああー、見る前に結末がわかっちゃったね。ごめん。

芳蘭：ううん、あっ、始まるよ。この動画配信サービス、画質がいいね。料金はどれくらいなの？

日向：見放題で、月1500円。つまり、映画1本分。

芳蘭：そう考えるとお得だね。でも、もっと安いのもあるらしいね。コンテンツはどうなの？

日向：好きな映画はだいたいそろってるよ。これより料金が安いのも今度、チェックしてみるよ。

芳蘭：こうやって、おしゃべりしながら、見るのも、楽しいね。

日向：うん。やっぱりこの声優うまいね！この人が出てる作品をすべて見たいな。

日向：妳來啦。請進，請進。喜歡坐哪裡都行喔。

芳蘭：謝謝。這個就是還在免費試用期的多媒體傳輸平台嗎？什麼都有耶！

日向：洋片、國片、戲劇類。要看哪個？

芳蘭：可選的類型有動作片、戀愛片、恐怖片、懸疑片、動畫片等等……。我們來選
　　　動畫片吧。這部是去年才上映的動畫，日向你喜歡的聲優也擔任配音工作。上
　　　映時本來想去看，結果拖到下檔前都沒去。

日向：喔，那部啊。整體節奏蠻棒的，結局也是皆大歡喜，算是不錯。啊啊，這樣我
　　　不就是在透劇了。不好意思耶！

芳蘭：不會啦。啊，開始囉。這個多媒體傳輸平台的畫質很棒耶！費用大概多少？

日向：一個月 1500 日圓看到飽。相當於到戲院看一部電影的價格。

芳蘭：這樣說來很划算耶。不過，好像有更便宜的喔。服務內容怎樣呢？

日向：喜歡的電影大概都找的到。我下次也會找找看比這收費更便宜的。

芳蘭：像我們這樣可以邊聊邊看，也是蠻不錯的！

日向：嗯！果然這聲優真是太棒啦！只要有配音的作品我全都想看！

動画配信サービスで映画を見る／
用多媒體傳輸平台看電影

Step 1

芳蘭：洋画、邦画、ジャンルなど、どんな映画が好きか聞く。

（詢問對方喜歡什麼電影。例如洋片、國片、或是各種類型的電影等等）

日向：好きな映画のジャンルを答える。

（回答對方自己歡什麼類型的電影）

芳蘭：見る映画を決める。

（決定這次要看什麼電影）

NOTE

_____

_____

_____

Step 2

芳蘭：日向さんが利用している動画配信サービスの料金、コンテンツについて、質問する。

（向日向詢問所使用的多媒體傳輸平台，價格及服務內容等相關事項。）

日向：芳蘭さんの質問に答える。画質についても話す。

（回答芳蘭的問題。並就畫質進行說明。）

NOTE

_____

_____

_____

Step 3

芳蘭：動画配信サービスについて感想を述べる。

（說明自己對多媒體傳輸平台的感想）

日向：映画について感想を述べる。

（說明這次選看的電影的感想）

NOTE

_____

_____

_____

稱讚上司或專家「上手ですね」
小心被白眼？

今泉江利子／撰　游翔皓／譯

　　看到朋友的髮型與服飾很搭時，應該會不禁想誇讚對方吧？但要用日文誇讚對方，一定也會希望所使用正確的日文吧。例如，「きょうはきれいだね」（今天很漂亮喔）這樣說大概就NG了。「きょうは」（今天）的助詞「は」，限定了前面的「きょう」，以至於變成「只有今天」漂亮的意思。其實是要直接說「きれいだね」（很漂亮喔）、「似合ってるね」（跟妳很搭喔），這樣反而安全，不會衍生出其他意思。

　　「なかなか」（相當）、「けっこう」（非常）等用語也NG！「なかなか」或「けっこう」有一種強調現在變得比以前好的意思，所以當我們說「中国語がなかなか上手ですね」（你中文變得超級棒耶），言下之意好像要凸顯對方原本中文很爛。真心想誇讚對方的話，那說「とても上手ですね」（超級棒）就行囉！

　　不過，「上手」（厲害，很棒）用來誇讚上位者可能就不太適當。例如，當我們對專業的料理職人誇讚道「料理がとても上手ですね」（料理做得超級棒），這樣就會產生奇怪的語意。在某種領域我們是素人或門外漢，卻對專家的成品品頭論足，無可否認會有一種失禮的味道在。這時候只要說「とてもおいしいです」（超好吃的），就能好好地誇讚對方的廚藝了。另外也有像「すばらしい料理をありがとうございました」（謝謝您讓我品嚐了這麼棒的料理）這樣的說法，也能適當地表達我們的感謝之意哦！

學習重點

本章會提到內容的有：關於日本人的「安全」聊天術！例如天氣相關話題、飲食方面的偏好、學習外語的契機、彼此的嗜好休閒、自己的失敗經驗等。進入芳蘭的世界前，先來瞭解相關詞彙與句子，加強自己的語彙力吧！

チェック ① 詞彙與表現

A 單字結合用法

◆萬用話題

名詞	格助詞	動詞&形容詞	中文
雑談^{ざつだん}／自己紹介^{じ こ しょうかい}		する	閒聊／自我介紹
失敗談^{しっぱいだん}／思^{おも}い出^で		話^{はな}す	聊自己的　糗事／回憶
趣味^{しゅ み}		熱^{あつ}く語^{かた}る	聊嗜好聊得熱血
情報^{じょうほう}	を	交換^{こうかん}する	交換情報
友達^{ともだち}／店^{みせ}		紹介^{しょうかい}する	介紹　朋友／好店
趣味^{しゅ み}／好^すきな食^たべ物^{もの}／血液型^{けつえきがた}		聞^きく	詢問 嗜好／喜歡的食物／血型

◆聚會

名詞	格助詞	動詞&形容詞	中文
乾杯	を	する	乾杯
ホームパーティー		する・開く	舉辦家庭派對
友達／親戚		招待する	招待　朋友／親戚
料理		持ち寄る	帶料理到聚會中
ビール、ワイン		開ける／空ける	開／喝光　啤酒、紅酒
楽しい時間		過ごす	度過愉快的時光
時間があっという間	に	たつ・過ぎる	時間稍縱即逝
友達		なる	成為朋友
友達	が	できる	交到朋友
恋		始まる	開始一段戀情
話		合う	說話投機
お互いの距離		縮まる	縮短彼此間的距離

◆談話訣竅

名詞	格助詞	動詞&形容詞	中文
ポジティブな話題		選ぶ	選擇正能量話題
共通点		見つける	發現共通點
話題		広げる	拓展話題
相手の反応	を	見る	觀察對方反應
気持ち		やり取りする	心神互通
相づち		打つ	搭腔附和
政治や宗教の話題		避ける	避開政治或宗教話題
相手の話	に	興味を持つ	對對方的話題感興趣
プライベート		触れない	不觸及個人隱私
自分	から	話しかける	自己主動攀談

B 單字延伸與句子

01 替換說法

詞彙	還能這樣說	中文
店_{みせ}がオープンする	開店_{かいてん}する	新店開張
新_{あたら}しい友達_{ともだち}と知_しり合_あう	新_{あたら}しい友達_{ともだち}と出会_{であ}う	認識新朋友
おしゃべりする	雑談_{ざつだん}する	閒聊
お酒_{さけ}を注_つぐ	お酌_{しゃく}する	斟酒
話_{はなし}が盛_もり上_あがる	話_{はなし}がはずむ	聊地起勁
いい関係_{かんけい}をつくる	いい関係_{かんけい}を築_{きず}く	建構良好關係

02 擬聲擬態語

みんなでワイワイ話す	大家聊地超嗨熱鬧滾滾
ズケズケ聞く	直接了當地問
ペチャクチャおしゃべりする	喋喋不休聊個不停
ガンガン食べる	用力吃到翻
二日酔いで頭がガンガンする	因宿醉頭陣陣劇痛
ビールをゴクゴク飲む	咕嚕咕嚕地灌啤酒
お店の中がガヤガヤする	店裡吵吵鬧鬧

03 慣用對話

◆萬用話題：天氣或季節

「久しぶりにいい天気になりましたね。」　　久違的好天氣。

「そろそろ桜の季節ですね。」　　差不多是櫻花的季節了。

◆萬用話題：出身地及現在住所

「私は台湾から来たんですが、ご出身はどちらですか。」

我來自台灣，您來自哪裡呢？

「どの辺にお住まいですか。」　　您住哪裡呢？

◆萬用話題：嗜好及如何打發假日

「休みの日は何をしてるんですか。」　　假日都做些什麼呢？

「最近、どんな音楽を聞いていますか。」　　最近聽些什麼音樂呢？

◆萬用話題：食物及飲料

「好きな食べ物は何ですか。」　　喜歡什麼食物呢？

「コーヒー派ですか、紅茶派ですか。」　　喜歡咖啡呢？還是紅茶呢？

◆萬用話題：隨身攜帶物

「そのスマホケース、かわいいですね。」　　您的手機殼，好可愛耶。

「きょうのバッグ、色がすごくきれいですね。」　　您今天帶的包包，顏色好漂亮喔。

◆萬用話題：時事

「新しいiPhoneいつごろ出るでしょうね。」　　新的iPhone大概何時推出呢？

「100メートル走、新記録が出ましたね。」　　百米賽跑刷新新紀錄了耶！

◆萬用話題：血型與星座

「血液型は何型ですか。」　　您的血型是哪一型？

「星座は何座ですか。」　　您是什麼座？

☞　星座

牡羊座／牡牛座／双子座／蟹座／獅子座／乙女座／

天秤座／蠍座／射手座／山羊座／水瓶座／魚座

チエック ② 練習問題

01 單字

* 請從題目下方選出適當的單字填入（含動詞變化）*

例：友達に＿＿紹介して＿＿もらった店に行ってみました。

(1) 日本人は話を聞くときによく相づちを＿＿＿＿＿＿＿＿ます。

(2) きょうは楽しい時間を＿＿＿＿＿＿＿＿ことができました。ありがとう。

(3) 母はホームパーティーを＿＿＿＿＿＿＿＿のが好きです。

(4) 知合った人が私と同じ趣味だったので、熱く＿＿＿＿＿＿＿＿ました。

(5) 恋人がいるかとか、給料とか、プライベートな話は＿＿＿＿＿＿＿＿ようにしています。

(6) アルバイト先で新しい友達が＿＿＿＿＿＿＿＿たので、連絡先を交換しました。

(7) いっしょに食べたり、飲んだりすると、お互いの距離が＿＿＿＿＿＿＿＿ます。

(8) 勇気を出して、自分から＿＿＿＿＿＿＿＿てみました。

紹介する ／ 語り合う ／ 打つ ／ 縮まる ／ 開く ／ 過ごす ／ 避ける ／
話しかける ／ できる

02 替換説法

請將底線處替換成其他説法

例：会社の近くにカフェが＿開店した＿ので、同僚とランチに行きました。
⇒会社の近くにカフェが＿オープンした＿ので、同僚とランチに行きました。

（1）サークルを通じて、新しい友達と＿知り合い＿ました。

⇒

（2）日本からの留学生と日本語で＿おしゃべりする＿のは、とても楽しいです。

⇒

（3）初対面の人とでも、ドラマや食べ物についてなら、＿話が盛り上がり＿やすいです。

⇒

（4）新しい職場でも、＿いい人間関係を築いて＿いきたいです。

⇒

03 擬聲擬態語

例：暑い日は、冷たいものを＿＿＿＿＿＿飲みたくなります。
⇒暑い日は、冷たいものを＿ゴクゴク＿飲みたくなります。

（1）会ったばかりの人に、結婚や宗教のことを＿＿＿＿＿＿＿＿聞かれて、嫌でした。

（2）クリスマスパーティーは、ゲームやプレゼント交換もあって、＿＿＿＿＿＿＿＿
にぎやかで楽しかったです。

（3）食べ放題、飲み放題だったので、＿＿＿＿＿＿＿＿食べて、飲んだ。

（4）きのう行った店は満席で、＿＿＿＿＿＿＿＿とうるさかったが、料理がとても
おいしかった。

（5）ドリンクバーのある店で、親友と３時間も＿＿＿＿＿＿＿＿おしゃべりしました。

ゴクゴク ／ ズケズケ ／ ガヤガヤ ／ ワイワイ ／ ガンガン ／ ペチャクチャ

04 情境問答

Q1. 台湾では天気の話をよくしますか。[自由に答えてください]

A：＿＿＿＿＿＿＿＿＿＿＿＿＿＿＿＿＿＿＿＿＿＿＿＿＿＿＿＿＿

Q2. 好きな食べ物や飲み物について教えてください。[自由に答えてください]

A：＿＿＿＿＿＿＿＿＿＿＿＿＿＿＿＿＿＿＿＿＿＿＿＿＿＿＿＿＿

Q3. 日本語の勉強を始めたきっかけは何ですか。[自由に答えてください]

A：＿＿＿＿＿＿＿＿＿＿＿＿＿＿＿＿＿＿＿＿＿＿＿＿＿＿＿＿＿

Q4. 休みの日は、何をしていますか。[自由に答えてください]

A：＿＿＿＿＿＿＿＿＿＿＿＿＿＿＿＿＿＿＿＿＿＿＿＿＿＿＿＿＿

チエック ③ 情境會話

初めての会話
はじ かいわ
第一次聊天

● 登場人物：芳蘭／小林／日向
● 故事情節：小林這位新同事加入了芳蘭打工的餐廳。兩個人閒聊了一番。隔天在咖啡館，芳蘭向日向提到了昨天打工時的那次閒聊。

會話 1 バイト先の新人スタッフと／
與打工地方的新進員工

小林：小林です。ここのバイト、きょうからなんです。よろしく。

芳蘭：芳蘭です。よろしく。

小林：きょうも暑くなりそうですね。

芳蘭：うん、冷たい飲み物がよく出るかもね。今月はこのドリンクがおすすめなんだ。飲んだ？

小林：飲みました！レモンを使ってて、さっぱりしておいしかった。お客さんにもすすめてみますね。私、食べることが大好きだから、ここでアルバイトすることにしたんですけど、芳蘭さんは？

芳蘭：私も食べるのが大好き。作るのも大好きだよ。

小林：それで、キッチン担当なんですね。私は不器用だからなあ。自炊してるけど、包丁で指を切ったり、お皿割ったりなんて、しょっちゅう。

芳蘭：そんなことないでしょ。小林さん、おしゃべりが上手だから、ホールに向いてる
　　　と思うよ。

小林：そうですか。ありがとう！あっ、お客様だ。いらっしゃいませ。

中譯

　小林：我是小林。今天開始加入這裡的行列。請多多指教。

　芳蘭：我是芳蘭。請多多指教。

　小林：看來今天也會很熱啊。

　芳蘭：是啊，可能會蠻多人點冷飲的。這個月我們店推銷的是這款飲料。有喝過嗎？

　小林：喝過！有加檸檬，清爽好喝。我會試試推薦給客人。我超愛吃的，所以才選擇
　　　　進這裡打工。芳蘭您呢？

　芳蘭：我也超愛吃的。做料理也超喜歡。

　小林：所以才會負責內場工作啊。我就不大行了。在家自己煮的時候，不是切到手指
　　　　就是打破碗盤，老是會這樣。

　芳蘭：沒這回事啦！小林很能聊，我覺得適合做外場喔！

　小林：這樣嗎。謝謝！啊，客人來了。歡迎光臨～！

會話2 バイト先での会話について／
聊聊打工時的閒談

（カフェで）

芳蘭：バイト先に新しい人が入ってね。話してるとすごく楽しいんだ。

日向：へえ、それは芳蘭さんが聞き上手だからじゃない？

芳蘭：まあ、それはそうだね。って、冗談だけど。ねえ、おしゃべりが続かないと、どうしようって思ったりする？

日向：そうだな。普段はあんまり気にしないけど、偶然、エレベーターで先生と2人なんてことになると、話すことがなくて気まずいかな。

芳蘭：わかる。そんなとき、日本人はよく天気の話をするんじゃない？

日向：うーん……それ以外に、ニュースとか相手に関することとかね。

芳蘭：相手に関すること？

日向：服や持ち物とか、友達ならサークルや授業のこと、先生なら先生の論文とかね。あっ、食べ物の話も誰とでも話せる話題だよね。

芳蘭：うん、きのうも食べ物の話が一番楽しかったな。休みの日はよく食べ歩きをしてるんだって。

日向：へえ、じゃ、これからも楽しく話せそうだね。趣味が同じだから。

芳蘭：うん。今度、いっしょにご飯食べようって言ってるんだ。おいしかったら、紹介するね。

(在咖啡館)

芳蘭：打工的地方來了個新人，聊了一下還蠻開心的。

日向：是喔？不是因為妳很擅長聽人說話嗎？

芳蘭：你說得一點都沒錯喔～哈哈，開玩笑啦。對了，跟別人談話時若話題持續不了，
該怎麼做才好呢？

日向：這個嘛～一般是不會特別在意啦。不過有時會在電梯裡偶遇老師，當下只有兩
個人的場景。這時就會覺得沒聊點什麼有點尷尬。

芳蘭：我懂！這時候，日本人不是會常聊些天氣之類的話題？

日向：嗯……其他還有時下的新聞、或是與對方相關的話題等等。

芳蘭：與對方相關的話題？

日向：對方穿的衣服或攜帶的物品等等。若對方是朋友的話，就聊社團或上課相關的
事。若是老師的話，就聊聊老師的論文等等。對啦，食物是跟任何人都能聊的
話題喔！

芳蘭：嗯，昨天也是聊食物時聊得最快樂。休假日時我們好像都會邊逛邊吃的樣子。

日向：喔喔。那這樣看來你們之後也能聊得很快樂囉！既然嗜好都一樣。

芳蘭：是啊！我們還約下次一起吃飯。餐廳好吃的話，下次介紹給你！

チエック ④ 模擬會話練習

示範會話 ランチしながら、おしゃべりする／
邊午餐邊聊天

芳蘭：いい感じのお店だね。料理もおいしそう。ねえ、何がおすすめ？

小林：このセットメニューがおすすめかな。コスパもいいんだ。

芳蘭：どれもおいしそう。本当、コスパもいいね。この３つから選べるんだよね。迷うな。

小林：じゃ、２つ取って、シェアしない？

芳蘭：いいね。飲み物は？小林さん、コーヒー派？紅茶派？

小林：だんぜん紅茶派。芳蘭さんは？

芳蘭：私はコーヒー派。コーヒー飲まないと、元気でないタイプ。小林さん、バイトは順調そうだね。

小林：おかげさまで。ときどき変なお客さんもいるけど、超楽しいよ。でも、きのうお皿割っちゃって。お店のみんなに迷惑かけちゃった。

芳蘭：そうだったんだ。お客さんは大丈夫だったんでしょ。

小林：うん、ケガはなかったし、常連さんだったから、あやまったら、許してくれた。でも、今度から気をつけないとね。

芳蘭：這店感覺不錯耶。料理看起來也不錯吃。有什麼推薦的嗎？

小林：這些套餐都值得推薦。CP 值也高。

芳蘭：每一個都很好吃的樣子。真的都是 CP 值不錯耶。可以從這 3 個裡挑一個耶，
　　　有夠難挑！

小林：不然我們各點一個，再互相交換，如何？

芳蘭：好耶！飲料要點什麼？小林都喝咖啡還是紅茶？

小林：不考慮，鐵定是紅茶。芳蘭呢？

芳蘭：我點咖啡，我是那種不喝咖啡就沒勁的人。我看小林打工還蠻順利的～

小林：托您的福，雖然有時也會遇到奇怪的客人，基本上很開心。不過，昨天我打破
　　　盤子。給店裡添麻煩了。

芳蘭：這樣啊。客人沒事吧？

小林：嗯，是沒受傷。因為是常客，道歉以後也就沒有追究了。不過，我之後會更加
　　　小心。

ランチしながら、おしゃべりする／
邊午餐邊聊天

Step 1

芳蘭：小林さんとカフェでランチします。好きな料理について話す。

（與小林在咖啡館吃午餐。與對方聊聊喜歡的料理）

小林：芳蘭さんと好きな料理について話してどれを注文するか考える。

（與芳蘭聊聊喜歡的料理。並想想要點什麼）

NOTE

_____

_____

_____

Step 2

小林：カフェで勉強している人を見て、芳蘭さんに、家で勉強する派か、外で勉強する派か聞く。

（看到在咖啡館自修的人。問問芳蘭喜歡在家自修或是在外面自修）

芳蘭：家で勉強する派か外で勉強する派か答える。

（回答對方自己喜歡在哪裡自修）

NOTE

_____

_____

_____

Step 3

<ruby>小林<rt>こばやし</rt></ruby>：<ruby>勉強<rt>べんきょう</rt></ruby>は<ruby>最近順調<rt>さいきんじゅんちょう</rt></ruby>かどうか<ruby>聞<rt>き</rt></ruby>く。

（問問對方最近學業是否順利）

<ruby>芳蘭<rt>ほうらん</rt></ruby>：<ruby>勉強<rt>べんきょう</rt></ruby>のおもしろい<ruby>点<rt>てん</rt></ruby>や<ruby>困難<rt>こんなん</rt></ruby>に<ruby>感<rt>かん</rt></ruby>じていることを<ruby>話<rt>はな</rt></ruby>す。

（說說自己在學習時覺得有趣的部份及感到困難的部分）

NOTE

_____

_____

_____

就算再好奇，這些話題千萬別碰！

今泉江利子／撰　游翔皓／譯

　　要是可以用日語和日本人對談，應該就可以視為具備相當的程度了。但這樣程度的高手，在與日本人對談時是否曾考慮過什麼話題OK、什麼話題不OK呢？

　　在日本，一般會避開較私人性的話題。例如對方的薪水或地位、年齡、有沒有男朋友女朋友、已婚未婚或有沒有小孩、小孩子未來的升學或就職等。宗教與政治的話題也是儘可能避開比較好。還有道人長短、抱怨別人、向對方說教、往自己臉上貼金的話題，也都無法為雙方帶來和諧或愉快的氣氛。

　　那若是被對方這樣問的話該怎麼回答呢？例如對方問我們「有交往的對象嗎？」，我們可以反問對方「あなたは？」（那你呢）とか、「心配してくれてるの？」（你是在替我擔心嗎）。若是問我們一個月拿多少，那就回答像是「なんとか生活はできてるよ」（總之生活還過得去囉）之類的曖昧說法來敷衍也行。這麼一來，對方應該也會慢慢知道這種問題惹人厭，久而久之也不會再問了。

　　若對方只是在抱怨東抱怨西，希望找個情緒垃圾桶而已，不是想要真正找出解決的方法時，那我們就應和些「そうなんだ」（喔，這樣啊），或是「そうだね」（也是啦）就行了。這時，執著於給對方忠告或向對方說教，可是絕對的禁忌哦！

附錄

習題解答與翻譯

CH.1 人際社交

01 單字

例：分手後，一直和他保持著良好關係。

（1）日本では、初めて会った人と握手やハグを＿＿する＿＿習慣はありません。

在日本，沒有和初次見面的人握手或擁抱的習慣。

（2）あまりプライベートな事に＿＿踏み込まれる＿＿のは好きじゃありません。

我不太喜歡去干涉他人的隱私。

（3）大きなお世話！もう私たちのことには＿＿かまわ＿＿ないで。

多管閒事！別在管我們之間的事了！

（4）前の彼女とはきっぱり関係を＿＿切っ＿＿ています。

和之前的女朋友斷得一乾二淨。

（5）痴話喧嘩にわざわざ口を＿＿挟まない＿＿でちょうだい。

請你不要故意打擾人家的打情罵俏。

（6）上京してから変わってしまった親友とは、最近少し距離を＿置い＿ています。

到大都市打拼後完全變了樣的那些死黨，我最近刻意和他們保持距離。

（7）さすがに鈍い私でも彼から＿＿送られる＿＿熱い視線には気づきます。

就算是非常鈍感的我，也察覺到了他傳遞過來的熱切關注眼神。

（8）相手への嫉妬や羨む気持ちを＿＿抑える＿＿ことができなくなって、つい傷つくことを言ってしまいました。

因為變得無法克制對對方的嫉妒與羨慕，一不小心說出了傷人的話。

02 替換說法

例：讚美對於保持良好的人際關係而言是很重要的。

（1）彼の言っていることが＿＿あやふや＿＿で、よく理解できません。

他說的話模稜兩可，無法理解。

（2）つい＿＿勘ぐりすぎて＿＿、相手を疑ってしまいます。

不禁過度揣測而懷疑了對方。

（3）A君はクラスのみんなから＿＿しかとされて＿＿、いじめられています。

A被班上所有同學刻意忽視遭到霸凌。

(4) B子は信頼していたC子に裏切られて以来、彼女とは＿距離を置く＿ように
なりました。

B自從被一直以來都很信任的C背叛之後，就變得和C保持距離了。

(5) 台湾人の彼は、言葉にしない限り私の気持ちを＿気づく＿ことができません。

台灣的男友只要我不說出口，就不會察覺我的心情。

03 情境問答

Q1. 學長/姐(或前輩)邀請你，暑假和社團朋友一起去高雄玩，但你想拒絕，應該怎麼說呢？

Ａ：楽しそうですね。でも、残念なんですが、夏休みはアルバイトがずっと入ってて……。

好像很好玩耶！可是很可惜，暑假我一直都有打工……。

Q2. 上週鄰居分給自己蘋果，之後再遇到鄰居時，應該怎麼說呢？

Ａ：先日は、りんご、ありがとうございました。とってもおいしかったです。

前幾天真是謝謝您的蘋果，非常好吃哦！

Q3. 在派對上認識、沒有打算要繼續維繫關係的人，在道別時該說些什麼呢？

Ａ：今度また機会がありましたら、是非ご一緒させてくださいね。

下次若有機會，請務必再邀請我與您一同參加！

Q4. 你想請朋友改掉一些毛病，為了不讓對方感覺不好，該怎麼說呢？

Ａ：[參考解答] もう少し怒りっぽいところ、直してくれたら嬉しいなあ。

如果你能改掉那個有點愛生氣的小毛病，那我會很開心哦。

CH.2 飲酒文化

01 單字

例：因為味道會變淡，請不要加冰塊。

(1) 酔って、足が＿ふらついて＿います。

喝醉了，步伐搖搖晃晃。

(2) 次はあなたの番ですよ。好きな曲を＿入れて＿ください。

下一個輪到你囉！輸入自己喜歡的曲子吧！

（3）お酒に強いので、顔には　出ない　んです。

因為我酒力很強，所以喝多了人家也看不出來(不會臉紅)。

（4）寝坊して、電車を　逃して　しまった。

睡過頭而錯過了電車。

（5）ビール、お　注ぎ　いたします。

讓我來幫您倒啤酒。

（6）もう少しキーを　上げて　ください。

請把調子再升高一點。

（7）料理を　取り分け　ましょうか。

需要我來替各位分菜嗎？

（8）唐揚げにレモンを　かけて　もいいですか。

請問我可以在炸雞塊上淋上檸檬汁嗎？

02 替換説法

例：不好意思，麻煩結帳。

（1）今日は僕が　おごります　よ。

今天我請客。

（2）そろそろ　お開きにしましょう　か。

差不多可以解散了吧。

（3）大きい声を出し過ぎて、　声が枯れる　。

喊(或唱、叫)太大聲了，嗓子啞了。

（4）すみません、まだ　料理が運ばれていない　んですけど。

不好意思，我們的菜還沒上哦。

（5）この曲は知らないので、　切って　ください。

這首歌我不知道耶，請刪歌吧。

03 擬聲擬態語

例：爸爸正小口啜飲著酒。

（1）飲み会では、皆　ワイワイ　と楽しそうにしています。

在聚會上，大家鬧哄哄地很開心的樣子。

(2) お酒好きな課長は ガンガン お酒を飲んでいます。

愛酒的課長正大口牛飲著酒。

(3) 喉が イガイガ する。歌いすぎたかな。

喉嚨感覺很不舒服。大概是唱過頭了吧。

(4) カラオケに行ったので、耳が キーン として、よく聞こえない。

因為去了卡拉OK，到現在耳朵還在耳鳴，聽不太到。

(5) お酒を飲んだせいか、体が ポカポカ する。

可能因為喝了酒的緣故，身體暖烘烘的。

04 情境問答

Q1. 當你想知道菜單上「綜合天婦羅」裏面有哪些食材，該怎麼問呢？

A：天ぷら盛り合わせって何が入っているんですか。

請問綜合天婦羅裏面有哪些東西呢？

Q2. 想要點三杯啤酒和兩份毛豆，該怎麼說呢？

A：ビール３つと枝豆２つお願いします。

麻煩我要三杯啤酒和兩份毛豆。

Q3. 結帳時要各別分開算帳，該怎麼說呢？

A：支払いは、別々にお願いします。

麻煩您我們要分開結帳。

Q4. 要委婉拒絕二次會的邀約，可以怎麼說呢？

A：[參考解答] 最終電車が９時なので、すみませんが今日はこれで失礼します。

最後一班電車是9點，所以不好意思今天我就到這兒先告辭了。

CH.3 拜訪日本人的家

01 單字

例：要過去那裡之前，先做好事前預約。

(1) 何度チャイムを＿鳴らして＿も、誰も出てきません。

按了好幾次門鈴，都沒人應門。

(2) お言葉に＿甘えて＿、もう一杯いただきます。

那我就恭敬不如從命，再喝一杯好了。

(3) お客様を向こうの座敷にお＿通し＿します。

將客人導引至對面的座席上。

(4) せっかく持って行ったのに、お土産を＿渡す＿のを忘れてしまいました。

難得我伴手禮都帶去了，結果卻忘了送給對方。

(5) どうぞ、こちらの席にお＿かけ＿ください。

請您坐在這個位子。

(6) 今お湯を＿沸かし＿てくるので、ちょっと待っていてください。

現在正在燒水，請稍候。

(7) 脱ぎっぱなしにしないで、靴はきちんと＿揃え＿ましょう。

請不要脱了鞋子就不管了，把鞋子好好擺整齊吧！

(8) 陳さんは先に家に＿上がって＿待っていますよ。

陳先生(或陳小姐)已經先在家裏等了哦。

02 替換說法

例：不擅長整理房間。

(1) お客さんを、奥にあるお座敷に＿案内します＿。

將客人導引至裏面的座席上。

(2) もう遅いので、そろそろ＿お暇します＿。

時間已經不早了，所以我差不多該告辭了。

(3) 私の作った料理は父の＿好みではない＿ようだ。

我做的料理好像不合爸爸的胃口。

(4) どうぞ、その椅子に＿座ってください＿。

請坐在那個椅子上。

（5）人の家に上がるときは、玄関にきちんと靴を＿＿＿並べましょう＿＿＿。

進入別人家之前，先在玄關好好地把鞋子擺整齊吧！

03 情境問答

Q1. 想送伴手禮所以要去造訪別人家時，應該怎麼問？

A：お土産をお渡ししに、ちょっとお宅へお伺いさせていただきたいと思っているんですが。

我這裏有伴手禮想送給您，所以想稍微去您那兒拜訪一下。

Q2. 想向朋友提議這禮拜六去拜訪老師家，該怎麼說？

A：先生の家に行くの、今週の土曜日なんてどうかな。

這周六去老師家如何？

Q3. 要送自己手做的蛋糕當做伴手禮時，要怎麼跟朋友的家人說呢？

A：これ、私が焼いたケーキなんです。お口に合うかどうか分かりませんが、どうぞ皆さんでお召し上がりください。

這個是我自己烤的蛋糕，不知道何不合大家胃口，還請大家一起嚐嚐。

Q4. 想跟對方表示，如果下次有機會到自己家附近，請務必再過來找我，該怎麼說？

A：またお近くにいらっしゃった際は、是非ともお寄りくださいね。

下次有機會到附近，請一定要再來找我哦。

CH.4 交往 & 婚宴禮節

01 單字

例：預定在6月舉行婚禮。

（1）交際は男性が女性をうまく＿＿リードして＿＿いったほうが上手くいくと思います。

我認為，男女交往要由男方來扮演領導的角色，關係才會進行得順利。

（2）3年の交際期間を＿経て＿、結婚に至りました。

經過三年的交往，最後修成正果。

（3）それでは、これから杯を＿＿交わし＿＿たいと思います。

那麼，接下來就讓我來進行交杯儀式。

(4) 結婚生活を長く続けるには十分なスキンシップを　取る　ことが大切です。

要長久維繫婚姻關係，充分的肌膚之親是相當重要的。

(5) サプライズのプロポーズを　し　ようと考えています。

我想來一場讓對方驚喜的求婚。

(6) 最近はダンスに夢中に　なっ　ています。

最近開始熱衷於跳舞。

(7) 昨日彼から突然別れを　切り出され　ました。

昨天他忽然提出要分手。

(8) 度重なる彼の浮気にすっかり愛想を　尽かして　しまいました。

對於他一而再再而三的出軌，讓我對他的情感已經完全耗盡。

02 替換説法

例：由於我男友非常受歡迎，我很擔心。

(1) 独身の友達は、結婚相手に　ステータス　が高い人を求めすぎです。

我的單身朋友，過度要求結婚對象非得要身分地位夠高的人不可。

(2) 5年も付き合っていると、どうしても　飽きて　しまいます。

交往了五年，再怎麼説都膩了啊。

(3) 彼女への気持ちがだんだん　冷めて　きました。

對她的感情漸漸冷卻了。

(4) 以前からお付き合いしていた相手と　ゴールインする　こととなりました。

我決定和從以前就開始交往的對象結婚了。

(5) 一目見たときから　恋に落ちて　しまいました。

自從第一眼開始就墜入情網了。

03 情境問答

Q1. 祝福即將結婚的人，該怎麼說？

A：ご結婚おめでとうございます。どうぞ末永くお幸せに。

恭喜您結婚了！祝福兩位永遠幸福！

Q2. 對喜歡的對象告白時，可以怎麼說？

A：僕の彼女になってください。

請當我的女朋友！

Q3. 拒絕對方的告白時，可以怎麼說？

A：ごめん。今は仕事のことで頭がいっぱいで、誰かと付き合うとか考えられないんだ。

抱歉。我現在滿腦子都是工作的事，完全沒有要和任何人交往的想法。

Q4. 求婚時可以怎麼說？

A：これからもずっと私の隣にいてくれませんか。

從今以後，你可以一直待在我的身旁嗎？

CH.5 派對

01 單字

例：這次的派對，是大家要各自準備料理帶到會場來。

(1) この問題は難しくて、大学生でもなかなか　解け　ないだろう。

這個問題很困難，即使是大學生也很難答上來吧！

(2) 日本ではラーメンは音を　立て　て飲んでもマナー違反にはなりません。

在日本吃拉麵的時候，即使發出聲音也不算違反禮儀。

(3) このイベントは無料で参加できますが、食事などは各自　持参し　てもらいますので、
ご了承お願いしたします。

這個活動可以免費參加，不過吃的東西必須自備，還請見諒。

(4) 面識がない人と会話を　交わす　のは難しいです。

跟沒見過面的人聊天，很困難。

(5) ゲストに自慢の料理を　サーブし　てあげました。

已經把自豪的料理呈獻給貴賓了。

(6) 皆でワイワイとテーブルを　囲ん　でおしゃべりをするのは楽しいです。

大家熱熱鬧鬧地圍在餐桌旁聊天，是很開心的事。

(7) 他の人の会話に　割り込む　のは失礼です。

別人對話時在旁邊隨便插嘴，是很沒禮貌的。

(8) 本日のパーティーは主催者側で費用を　負担する　こととなっています。

今天的派對，費用是由主辦單位來負責。

02 替換說法

例：在後台，為了準備下一個節目表演，好像相當費時費工。

(1) 大学時代の友達との久しぶりの集まりに　話に花が咲く　。

久違地與大學時代友人聚會，聊得很起勁。

(2) 最近の若い子はみんなケータイをきれいに　デコって　いる。

最近的年輕女孩，大家都在手機上加了漂亮的裝飾。

(3) 3月に行われるパーティーの会場を早めに　確保して　おく必要がある。

3月要舉行的派對會場，必須及早預訂下來。

(4) ちょっと時間が押してるので、スピーチは　簡単に済まして　ください。

因為時間有點延遲了，請將演說簡單做收尾。

(5) いくら経験しても、　舞台に上がる　時はいつも緊張する。

即使再怎麼有經驗，上台時總是會緊張。

03 擬聲擬態語

例：這個蛋糕口感鬆軟，真好吃。

(1) このレタスは　シャキシャキ　して、とても新鮮です。

這個萵苣菜清脆爽口，非常新鮮。

(2) 北海道のいもは、　ほくほく　して、最高です。

北海道的馬鈴薯口感鬆軟，超讚的。

(3) 　プリプリ　のエビを、どうぞご堪能ください。

請品嚐（這個）肉質Q彈的鮮蝦。

(4) 納豆の味は好きですが、　ネバネバ　しているのが、好きではありません。

我雖然喜歡納豆的味道，但那黏踢踢的口感我就不太能接受。

(5) このお菓子は、外が　サクサク　、中はしっとりして、おいしいです。

這個小點子，外皮酥脆內餡濕潤，很好吃。

04 情境問答

Q1. 拒絕了對方的邀約後，要說些什麼來保持住彼此日後的聯繫呢？

A：また今度誘ってくださいね。

請下次再邀請我哦！

Q2. 在派對上對初次見面的人，可以怎麼搭話呢？

A：よくこのようなパーティーには参加されるんですか。

　　請問您常常參加這樣的派對嗎？

Q3. 請稱讚對方在派對上帶來的料理。（自由發揮）

A：これ、芳蘭さんの手作りなんですか。お店で買ってきたみたいに本格的で、おいしいですね。

　　這個是芳蘭自己做的嗎？跟店裡買的一樣有職業水準，好好吃喔！

Q4. 如何才能自然地結束眼前的對話呢？（自由發揮）

A：ちょっとお手洗いに、すみません、また。

　　我去個洗手間，不好意思，再聊囉！

CH.6 就醫與買藥

01 單字

例：因為天氣突然變冷，不小心中了感冒。

(1) 吐き気が　し　て、食欲がありません。

　　噁心想吐、沒有食慾。

(2) せきと鼻水が　出　ます。

　　有咳嗽和流鼻水。

(3) 花粉症で目がかゆいので、目薬を　さし　ています。

　　因為花粉症眼睛癢，所以有在點眼藥水。

(4) 一日三回、この薬を　飲ん　でください。

　　這個藥請一天服用三次。

(5) 転んで腕の骨を　折っ　てしまいました。

　　跌倒了導致手腕骨折。

(6) 鼻が　つまっ　て、食べ物の味がしません。

　　鼻塞所以吃東西都嚐不到味道。

(7) 歯が　痛く　て、何も食べられません。

　　牙齒痛所以什麼也吃不下去。

(8) かぜのときは、十分な睡眠と栄養を___とっ___てください。

感冒時，請確保充分的睡眠與攝取充分的營養。

02 替換說法

例：從今天早上開始就全身無力。

(1) 今日は大事なテストなのに、___お腹を下して___しまったんです。

今天早上有重要的測驗，結果卻拉肚子了。

(2) ただの風邪じゃないかもしれないから、一度___病院に行った___ほうがいいよ。

這或許不只是普通的感冒，所以還是去一趟醫院比較好哦。

(3) 父は今高血圧で、月に一回___病院に通って___いる。

父親因為高血壓，一個月要去醫院回診一次。

(4) 最近、___お通じがない___んです。

最近都便秘。

03 擬聲擬態語

例：因為頭痛欲裂，吃了頭痛藥。

(1) 歯が___ズキズキ___して、何も食べられないので、歯医者に予約を入れました。

牙齒陣陣抽痛，什麼都吃不下，所以預約了牙醫。

(2) きのう食べすぎたせいか、胃が___ムカムカ___して吐き気がします。

大概因為昨天吃太多了吧，反胃想吐。

(3) 背中が___ゾクゾク___する。かぜかな？

背後陣陣發冷。可能感冒了？

(4) やけどをしたところが___ヒリヒリ___するので、ぬり薬をぬりました。

燙傷的地方在刺痛，所以擦了藥。

(5) 緊張のせいか、胃が___チクチク___する。早く試験が終わってほしい。

大概是因為緊張的關係，胃在抽痛。真希望考試早點結束。

04 情境問答

Q1. 今天早上開始就燒到38度，然後也有倦怠感。這樣的狀況要怎麼跟醫生表達呢？

A：___今朝___から、___熱が38度あって、体に力が入らない___んです。

從今早開始，燒到38度、全身無力。

Q2. 早、午、晚三餐飯後各吃一份藥，以上的用藥方式該如何說明？

A： <u>一日３回、食後に１つ薬を飲んで</u> ください。

一天三次、飯後各服用一包。

Q3. 請問你有食物或藥物過敏嗎？（自由發揮）

A：<u>薬のアレルギーはありませんが、小麦アレルギーなので、パンやラーメンは食べられません。</u>

沒有藥物過敏，但對小麥過敏，像麵包或拉麵之類的都不能吃。

Q4. 請問你為了健康，平時有特別注意哪些事嗎？（自由發揮）

A：<u>週に２回くらい、ジョギングをしています。それから、ファストフードはあまり食べない</u>

<u>ようにしています。</u>

我有保持每週約兩次慢跑的習慣。另外，儘量不吃速食。

CH.7 工作

01 單字

例：請將資料輸入電腦裏。

(1) 明日の会議を <u>欠席する</u> と、木下さんに伝えてください。

請轉告木下先生／小姐，明天我不出席會議。

(2) 本日、注文した商品が <u>届き</u> ました。

下訂的商品今天已送達。

(3) お客様を会議室に、ご <u>案内</u> いたします。

我來導引客人至會議室。

(4) 仕事を <u>サボって</u> いたら、先輩に見つかってしまいました。

工作偷懶了一下，結果就被前輩逮個正著。

(5) 間違えたところをすぐに <u>修正し</u> ました。

錯誤之處已經立刻做修正。

(6) 契約を取ってきた部下を <u>ほめ</u> ました。

褒獎了順利簽下合約的部下。

(7) ４月１日から課長に <u>なる</u> ので、今より忙しくなりそうです。

從4月1日開始我就升為課長了，所以似乎會比現在更忙碌囉。

(8) 給料が＿上がって＿、すごくうれしい。

加薪了所以好開心啊！

02 替換說法

例：第一次跟客戶講電話的時候，好緊張。

(1) 会議の資料ですが、人数分、＿コピーをとって＿おいてください。

　這份會議資料，請影印所需人數的分量。

(2) 田島さんなら、＿席を外しています＿よ。

您要找田島先生／小姐的話，他現在不在座位上哦。

(3) 会議では、積極的に＿意見を述べて＿もらいたいです。

在會議上希望你能積極發表意見。

(4) 兄は日本の商社＿に勤めて＿います。

哥哥在日本的貿易公司工作。

03 擬聲擬態語

例：我想要進入同事之間相處融洽、並且可以自由自在工作的公司。

(1) 何度も練習したので、お客様の前でも＿スラスラ＿話せました。

因為練習了好幾次，所以能在客戶面前說得非常流暢。

(2) 先輩は日本語が＿ペラペラ＿なので、よく通訳を任されます。

學長因為日文超溜，所以常常備賦予口譯重任。

(3) 提出期限＿ギリギリ＿で、なんとか報告書が仕上がりました。

就快要到繳交期限了，我努力湊合湊合把報告書給趕出來了。

(4) ＿バリバリ＿働くのも、休むのも、仕事を続けていく上でどちらも大切です。

無論是有幹勁地衝刺或休息，為了讓工作能持續做下去，兩者都很重要。

(5) 後輩がミスをしてしまい、きょうは一日＿バタバタ＿していた。ああ、疲れた。

因為後輩犯了錯，今天一整天手忙腳亂。啊～～累死了。

04 情境問答

Q1. 請問你的工作是什麼呢？（自由發揮）

A：＿金融＿関係の仕事をしています。

金融方面的工作。

Q2. 想對會議遲到的後輩告誡一番，該怎麼說？

後輩：遅れてすみません。

抱歉來晚了。

先輩：今度から、　遅れないようにね。

下次請不要再遲到了哦！

Q3. 以下狀況想詢問具體細節，該怎麼說？

先輩：コピーを多めにとってくれる？

可以多印幾份嗎？

後輩：　多めにとおっしゃいますと。

請問您說多印是要多幾份呢？

Q4. 請說說台灣與日本職場文化的不同？（自由發揮）

A：　台湾では日本ほど、上下関係が厳しくないと思います。

台灣的上下關係不像日本那麼嚴謹。

CH.8 租屋和居住

01 單字

例：決定先比較過各個物件，再決定要選哪間好。

(1) 家賃は毎月1日に大家さんの口座に　振り込む　ことになっています。

房租是每個月1號匯入房東戶頭。

(2) 昔は引っ越しをすると、ご近所にそばを持って　挨拶　に行きました。

以前每逢搬家，都會拿著蕎麥麵去拜訪左鄰右舍。

(3) 本当は一人暮らしがいいけど、家賃が高いので、友達と　ルームシェアし　ています。

其實是比較想一個人住，但因房租很貴，所以就跟朋友合租。

(4) 保証人を　探さ　なくても、学校が保証人になってくれますよ。

就算不特別去找保證人也無妨，學校會替我們做擔保的。

(5) リサイクルゴミはきちんと　分別し　ないと、意味がありません。

資源回收如果不確實做好分類，就沒意義了。

(6) 今は家族と　同居し　ていますが、大学に入ったら寮に入るつもりです。

現在是跟家人一起住，但上大學之後打算去住學校宿舍。

(7) 空き巣に＿＿入られた＿＿ので、すぐに警察に電話しました。

因為家裡遭小偷，所以立刻報了警。

(8) 下の階の人にうるさいと苦情を＿＿言われ＿＿ました。

被住在樓下的人抱怨說我們太吵了。

02 替換説法

例：搬家時行李裝箱就花了三小時。

(1) 寮は大学まで＿＿徒歩5分＿なので、朝ゆっくり寝られます。

宿舍距離大學只需要走路五分鐘，所以早上能悠哉地睡。

(2) 大学に入るまで＿＿炊事した＿＿ことがないので、今とても苦労しています。

上大學前從沒自己做過菜，所以現在非常辛苦。

(3) 電気代を＿＿抑える＿＿方法をネットで調べて、実践しています。

上網查了省電費的方法，並且實踐當中。

(4) この辺は＿＿交通の便がいい＿＿のが魅力だけれど、家賃が高いです。

這附近交通便利雖然是個魅力，但房租很高。

03 擬聲擬態語

例：這個週末想說不要耍費，打算出去跟朋友露營。

(1) 今朝はバスがなかなか来なくて、＿＿イライラ＿＿しました。

今天早上公車一直等不到，所以很焦慮。

(2) 天気のいい日は、一つ前の駅で降りて＿＿テクテク＿＿歩いて、学校に行きます。

天氣好的日子，會提前一站下車，一步步走到學校。

(3) 両親は私と違ってきれい好きなので、家はいつも＿＿ピカピカ＿＿です。

爸媽和我不一樣，他們很愛乾淨，所以家裡總是亮晶晶的。

(4) カフェで友達と＿＿ゲラゲラ＿＿笑っていたら、隣の席の人ににらまれました。

在咖啡廳和朋友哈哈大笑，結果被鄰座的客人狠狠瞪了。

(5) 家に帰ってペットと＿＿ゴロゴロ＿＿するのが、私のストレス解消法です。

在家和寵物悠悠閒閒的度過，就是我的紓壓法。

04 情境問答

Q1. 請大致介紹一下現在的住處？

A：家族と一緒に住んでいます。家は広くはありませんが、交通の便のいいところにあります。

我和家人一起住。房子雖然不是很大，但交通很方便。

Q2. 在台灣要怎麼租屋呢？

A：不動産紹介サイトで物件を探します。

到住商網站上搜尋想要的房子。

Q3. 你想住在怎樣的房子或地方呢？

A：できるだけ交通や買い物に便利なところがいいです。そして、できれば、家賃が安くて、きれいな家に住みたいです。

儘可能住在交通和購物都便利的地方。同時，儘可能是房租便宜又乾淨的房間。

Q4. 你會想試試住在日本嗎？（自由發揮）

A：日本語を勉強しているので、1年くらい住んでみたいです。

因為我想學習日文，所以很想住一年看看。

CH.9 聊時事

01 單字

例：元號從平成變成了令和。

(1) 来週日曜日に投票が＿行われ＿ます。

下禮拜天舉行投票。

(2) 対策をとらなければ、パンデミックが＿起こる＿可能性があります。

(這傳染病) 再不採取應對策略，可能會引起世界性大流行！

(3) きょうロケットが無事＿打ち上げられ＿ました。

今天火箭順利發射升空了。

(4) 国際会議が来春、日本で＿開催される＿ことが決まりました。

國際會議已定案於明年春天，在日本舉行。

（5）台風が　上陸する　らしいから、早めに避難したほうがいいよ。

聽説颱風就要登陸了，最好趕緊避難吧！

（6）消費税が 8%から 10%に　引き上げられ　ました。

消費税從8%漲到10%了。

（7）世界遺産に　登録される　までには、政府や国際機関による手続きや調査が必要です。

在登錄為世界遺產前，必須經過政府和國際組織等的申辦手續與調查。

（8）多くの人が海洋プラスチックゴミが　増え　ていることに、危機感を持っています。

許多人對海洋垃圾的增加，抱持著危機意識。

02 替換説法

例：據傳工地現場發生了意外事故，不過無人身亡。

（1）　消費税が増税された　ばかりなのに、今度は所得税も上がるんだって。

才剛剛漲了消費税，據説這次連所得税也要漲了！

（2）各国首脳が　来日して　、経済問題について話し合う予定です。

各國元首訪日，預定將討論經濟相關議題。

（3）ニュースによると、連続放火事件の犯人が　捕まった　そうです。

根據新聞報導，連續縱火犯落網了。

（4）高校野球は、毎年春と夏に甲子園球場で　行われて　います。

高中棒球於每年春季和夏季，在甲子園球場舉行。

03 擬聲擬態語

例：覺得怎麼好像搖搖晃晃地，結果是地震。

（1）日本は夏、湿度が高いので、毎日　ムシムシ　して、過ごしにくい。

日本夏天濕度很高，每天悶熱難受。

（2）インフルエンザの予防接種に行くつもりだが、あの　チクっと　するのが嫌いだ。

我是打算要去打流感疫苗，只是那種刺痛感真的很討厭。

（3）物価が　どんどん　上がっているので、税金は上げてほしくないなあ。

物價不斷攀升，真不希望增税啊！

（4）発売当初はぜんぜん売れなかったが、口コミで　じわじわ　売り上げが伸びた。

剛上市時完全不受歡迎，但因為口耳相傳漸漸地有了起色。

（5）外は風が　ビュービュー　吹いているから、出かけないほうがいいよ。

外面強風呼呼吹，最好不要出門哦！

04 情境問答

Q1. 台灣會出現怎樣的自然災害呢？（自由發揮）

A：日本と同じように台湾でも台風や地震といった自然災害が起こります。台風で大きな被害が予想されるときには学校や会社が休みになることもあります。

和日本一樣台灣也有颱風和地震。當颱風被預估會造成很大的災害時，學校和公司都會休假。

Q2. 選舉時你都會去投票嗎？台灣的投票率高還是低呢？（自由發揮）

A：できるだけ、行くようにしています。私たちの権利ですから、行ったほうがいいと思います。台湾では若い人も政治に関心を持っているので、投票率も高いと思います。

我會盡量去投票。因為那是我的權益，我覺得還是要行使一下比較好。台灣即使是年輕人也對政治抱持關心，所以投票率應該是高的。

Q3. 為了守護我們的環境，你覺得什麼事情是必要的呢？

A：個人的には買い物のときにレジ袋は買わないで、マイバッグを使うようにしています。それから、個人の努力も必要ですが、国や世界的な取り組みが大切だと思います。

以個人來說的話，購物時儘量不買塑膠袋而自備購物袋。另外，雖說個人的努力也很重要，但我認為國家與全世界的作為是很重要的。

Q4. 請聊聊台灣的一些運動賽事？（自由發揮）

A：台湾ではユニバーシアードやフィギュアスケートの大会が行われたことがあります。また、eスポーツも盛んです。

台灣曾舉辦過國際大學運動會與花式溜冰大賽。另外，電子運動也相當盛行。

CH.10 聊電影

01 單字

例：昨天約了朋友，去看了動畫電影。

（1）ラストシーンで涙が あふれ て、とまらなくなりました。

最後一幕讓我淚流不止。

（2）私が 応援し ている声優のファンミーティングに参加するつもりです。

我打算要去參加我所支援的配音員的粉絲會。

（3）コメディー映画は、映画館でも大声でゲラゲラ＿＿笑える＿＿ので、楽しいです。

喜劇片的話即使在電影院看也能放聲大笑，所以很開心。

（4）スマホのビデオ機能を使って映画を＿＿撮影し＿＿てみた。

使用手機的錄影功能試著錄下電影畫面。

（5）好きな俳優に＿＿実写化し＿＿てほしいと思うマンガがあります。

我有希望能讓喜歡的演員演出、搬上大銀幕的漫畫。

（6）このアニメのキャラクターを＿＿デザインし＿＿たのは、私の姉です。

設計這個動畫角色的，是我姊姊。

（7）簡単そうに見えますが、役を＿＿演じる＿＿のは、とても難しいです。

雖然看似簡單，要扮演一個角色著實是困難的。

（8）多くの人の協力があって、一つの映画が＿＿完成し＿＿ます。

因為有眾多人的共同協力，才得以完成一部電影。

02 替換說法

例：我的興趣是電影觀賞。

（1）映画が＿＿ヒットした＿＿ので、続編が制作されることになった。

因為電影賣座，於是展開續集的製作。

（2）この脚本家は、＿＿シナリオを書く＿＿学校で勉強したそうです。

據說這位劇作家曾唸過劇本專門學校。

（3）映画をヒットさせるために、＿＿ＰＲ＿＿はかかせません。

為了讓電影大賣，宣傳是不可或缺的。

（4）主役ではありませんが、映画に＿＿出演する＿＿ことになりました。

雖然不是主角，不過會參予電影演出。

03 擬聲擬態語

例：因為擔心主角會不會死掉，非常緊張。

（1）お菓子を＿＿パクパク＿＿食べながら見るのが好きなので、映画は家で見ることが多い。

因為喜歡邊大口吃零食邊看電影，所以比較常是在家看。

（2）隣の席の人は、涙を＿＿はらはら＿＿と落としながら、映画を見ていた。

坐在隔壁的人一邊涙潸潸一邊看電影。

(3) 主人公はライバルの心ない一言に＿＿ムカッと＿＿して、にらみつけた。

主角因為對手缺乏思慮的一句話怒火中燒，狠狠瞪著他。

(4) 主人公の笑顔に、＿＿ドキッと＿＿して以来、その笑顔が忘れられない。

自從因主角的笑容而心動，我久久不能忘懷那笑容。

(5) 主人公のあきらめない姿を見ていると、＿＿じんと＿＿感動がこみ上げてきた。

看著主角堅持不放棄的身影，心中湧上滿滿的感動。

04 情境問答

Q1. 最近有看電影嗎？（自由發揮）

A：先月、友達と映画館で日本のアニメ映画を見ました。先週末は家で有料映画サイトでハリウッド映画を見ました。

上個月和朋友在電影院看了日本動畫電影。上禮拜則是在家使用付費電影網站，看了好萊塢電影。

Q2. 喜歡看怎樣的電影？有特別愛好的種類嗎？（自由發揮）

A：コメディー、アクション、アニメなど何でも見るので、特にジャンルにはこだわりませんが、見て元気になれる映画が好きです。

喜劇、動作片、卡通等的什麼都看，不特別拘泥哪種類型，只要是看了令人充滿元氣的電影都喜歡。

Q3. 有喜歡的導演嗎？（自由發揮）

A：押井守という日本のアニメ映画の監督が好きです。

喜歡押井守這位日本動畫電影導演。

Q4. 人生曾經深受過電影的影響嗎？（自由發揮）

A：あきらめそうになったとき、最後までがんばる主人公を思い出して、元気をもらったりします。あとは、ファッションを真似したりします。

曾在快要放棄時，想起努力到最後一刻的主角而獲得了力量。另外，也曾模仿過一些角色的時尚裝扮。

CH.11 保證不冷場話題

01 單字

例：我去了朋友介紹給我的店。

(1) 日本人は話を聞くときによく相づちを＿打ち＿ます。

　　日本人聽對方講話的時候，常常會附和對方。

(2) きょうは楽しい時間を＿過ごす＿ことができました。ありがとう。

　　今天度過了非常快樂的光。謝謝你！

(3) 母はホームパーティーを＿開く＿のが好きです。

　　媽媽喜歡開家庭派對。

(4) 知合った人が私と同じ趣味だったので、熱く＿語り合い＿ました。

　　認識的人跟我趣味相投，所以我們聊得非常起勁。

(5) 恋人がいるかとか、給料とか、プライベートな話は＿避ける＿ようにしています。

　　有沒有男女朋友啦、薪資啦等等隱私話題，儘量避免。

(6) アルバイト先で新しい友達が＿できた＿ので、連絡先を交換しました。

　　在打工那裡認識了新朋友，彼此交換了連絡方式。

(7) いっしょに食べたり、飲んだりすると、お互いの距離が＿縮まり＿ます。

　　一起吃吃喝喝，就可以縮短彼此的距離。

(8) 勇気を出して、自分から＿話しかけて＿みました。

　　鼓起勇氣，試著自己主動攀談了。

02 替換說法

例：因為附近開了新的咖啡廳，我和同事去那兒吃了午餐。

(1) サークルを通じて、新しい友達と＿出会い＿ました。

　　透過社團活動，認識新的朋友。

(2) 日本からの留学生と日本語で＿雑談する＿のは、とても楽しいです。

　　與日本來的留學生用日語交談，非常快樂。

(3) 初対面の人とでも、ドラマや食べ物についてなら、＿話がはずみ＿やすいです。

　　即使是和初次見面的人，如果是聊劇或食物相關話題，就很容易聊開。

(4) 新しい職場でも、＿いい人間関係を作って＿いきたいです。

　　即使在新的職場，也想要好好經營人際關係。

03 擬聲擬態語

例：熱天就會想大口狂灌冷飲。

（1）会ったばかりの人に、結婚や宗教のことを　　ズケズケ　　聞かれて、嫌でした。

　　　被才剛認識沒多久的人直接問到婚姻與宗教等問題，覺得很反感。

（2）クリスマスパーティーは、ゲームやプレゼント交換もあって、　　ワイワイ　　にぎやか
　　　で楽しかったです。

　　　在聖誕party上有遊戲也有交換禮物等，十分熱鬧開心。

（3）食べ放題、飲み放題だったので、　　ガンガン　　食べて、飲んだ。

　　　因為是吃到飽、喝到飽，狠狠大吃大喝了一番。

（4）きのう行った店は満席で、　　ガヤガヤ　　とうるさかったが、料理がとてもおいしかった。

　　　昨天去的那家店客滿非常喧鬧嘈雜，但料理非常美味。

（5）ドリンクバーのある店で、親友と３時間も　　ペチャクチャ　　おしゃべりしました。

　　　和好友在一家有飲料吧的店，天南地北聊了三小時。

04 情境問答

Q1. 台灣常常會談論天氣的話題嗎？(自由發揮)

A：　（お）天気の話はしますが、必ずするというわけではありません。

　　　也會聊天氣，不過不一定每次都會聊。

Q2. 說說你喜歡的食物和飲料吧。(自由發揮)

A：　食べ物は、麺が好きです。台湾の牛肉麺や、日本のラーメンも好きです。飲物はミルク
　　　をたっぷり入れたミルクティーが好きです。

　　　食物的話喜歡麵類。台灣的牛肉麵或日本拉麵等都喜歡。飲料的話，喜歡放了很多牛奶的奶茶。

Q3. 是什麼契機讓你開始學日文呢？(自由發揮)

A：　子供のとき、両親がディズニーランドに連れて行ってくれたことじゃないかと思います。
　　　とても楽しかったので、今度は自分で日本語を使って旅行したいと思いました。

　　　應該算是小時後父母帶我去迪士尼樂園這件事吧。因為非常開心，所以當時心想，之後要自
　　　己活用日文能力去旅行。

Q4. 你假日時都做些什麼事呢？(自由發揮)

A：　絵を描くのが好きなので、家で絵を描いていることが多いです。

　　　因為喜歡畫畫，所以常是在家畫畫。

EZ Japan 日語會話課：N2 語彙聽力全面提升
< 在地生活篇 >/ EZ Japan 編輯部 著 . -- 初版 .
-- 臺北市：日月文化，2021.03
　面；　公分 . -- （EZ Japan 教材 10）

ISBN 978-986-248-946-8 （平裝）

`1. 日語　2. 讀本　3. 能力測驗
803.189　　　　　　　　　110002229

EZ Japan日語會話課：N2語彙聽力全面提升
<在地生活篇>

作　　　者：今泉江利子、本間岐理
翻　　　譯：游翔皓
主　　　編：尹筱嵐
編　　　輯：尹筱嵐
校　　　對：尹筱嵐
錄　　　音：今泉江利子、吉岡生信
版型設計：李莉君
封面設計：曾晏詩
插　　　畫：李佑萱
內頁排版：簡單瑛設
行銷企劃：陳品萱

發　行　人：洪祺祥
副總經理：洪偉傑
副總編輯：曹仲堯
法律顧問：建大法律事務所
財務顧問：高威會計師事務所

出　　　版：日月文化出版股份有限公司
製　　　作：EZ叢書館
地　　　址：臺北市信義路三段151號8樓
電　　　話：（02）2708-5509
傳　　　真：（02）2708-6157
客服信箱：service@heliopolis.com.tw
網　　　址：www.heliopolis.com.tw
郵撥帳號：19716071日月文化出版股份有限公司

總　經　銷：聯合發行股份有限公司
電　　　話：（02）2917-8022
傳　　　真：（02）2915-7212

印　　　刷：中原造像股份有限公司
初　　　版：2021年03月
定　　　價：380元
ＩＳＢＮ：978-986-248-946-8